La peur et la chair

La peur et la chair

Giorgio Todde

ROMAN

Traduit de l'italien
par Vincent Raynaud

ALBIN MICHEL
CARRE JAUNE

Pour l'avocat Giovanni Làconi, la peur surgit des pierres, plus dure que les pierres. Il la reconnaît et sait enfin à quoi elle ressemble.

Quelle forme a la peur : il se l'est toujours demandé. Enfant, chaque jour il se disait qu'elle dormait au fond du golfe, prête à fondre sur lui sous forme de trombe d'air et d'eau. Mais le courage de sa mère la tenait à distance.

Toute sa vie il l'a consacrée à se protéger contre la peur, mais la nuit, la cinquantaine désormais franchie, sa prudence s'est changée en une insomnie lucide, permanente, qui lui laisse un stigmate de terreur jusqu'à la nuit suivante quand, sans un mot, il boit du vin noir et s'abrutit avant même de dîner.

Ce matin, il sent l'effroi dans la paume humide de ses mains. Aussi a-t-il continué à les frotter l'une contre l'autre durant la messe et même après, jusqu'à ce qu'il arrive à la jetée, devant une étendue si vaste que son propre souffle lui a paru infime.

Il a laissé son cabriolet à l'ombre, pris canne à pêche et appâts et, de son pas de bureaucrate, a marché jusqu'à la pointe.

Il sait à quoi ressemble la peur quand il la voit sortir de la maison abandonnée sur la jetée de Saint-François où il va pêcher tous les samedis. Il voit son visage, et elle le tue en prenant tout son temps.

Avec la ligne, elle l'étrangle et lui entaille le cou. Il reste immobile, la fixe et suppose que c'est ainsi qu'on meurt.

Quelle douleur, au milieu de la poitrine. Quelle douleur.

En même temps que la terreur, il sent qu'il se soumet – comme on se résigne à une juste peine – et éprouve même un sentiment enfantin de confiance. Il ne porte même pas les mains à son cou pour se défendre. Réagir prolongerait la souffrance qui est son lot.

Que de lumière. Le soleil lui brûle les yeux, qui poussent pour sortir de leurs orbites. Il voudrait conserver la vue encore un instant, mais il n'y a plus d'instants pour Giovanni Làconi.

À présent, la peur est derrière lui, elle est indécise et relâche son étreinte, car l'avocat est déjà immobile, même si lui parviennent brièvement les pensées élémentaires que charrie le dernier sang : son bureau, sa fille qui remet en ordre des papiers, le pichet de vin sur la table. Les pensées cessent elles aussi, mais il transpire tant et plus, car mourir l'épuise.

Un grand souffle et tout s'arrête.

La peur n'est pas courageuse, elle se cache quelques minutes derrière les pierres. Puis elle réapparaît et s'approche du corps. Une brique entre les mains, elle évalue la trajectoire et, de toutes ses forces, l'abat sur le front, qui cède. Elle l'observe un moment et fuit parmi les rochers. Le corps continue à transpirer et souille la chemise blanche.

Le silence s'épaissit et la première grosse mouche choisit son cou. Puis arrivent les autres, qui se posent sur le front et les yeux. Le panier contenant les appâts se remplit lui aussi de mouches. Au bout de quelque temps, le bourdonnement est fort car c'est une vraie fête pour tout l'essaim.

La mer, depuis la longue jetée, est une bande luisante qui s'évapore, et le ciel est si chaud qu'il semble blanc.

La peur ressort de derrière les rochers, chasse les insectes, arrache une des manches de chemise de l'avocat et se met au travail sur l'un de ses bras. Le bras droit.

C'est une ville de froussards.

Ils sont incapables de s'opposer à quoi que ce soit.

Ce n'est ni une race de marins, ni une race de paysans. Ils voudraient manger des fleurs de lotus et des crevettes roses en espérant que jamais les voiles des étrangers n'apparaîtront à l'horizon.

1

Le corps de Tea Làconi évoque la disette et ses mâchoires tendues sont comme des peaux de tambours.

« Madame, votre mari, l'avocat Giovanni Làconi, il avait disparu depuis ce matin... »

Elle s'assied. Le soleil se couche et les fenêtres ouvertes sont violettes. Le commandant Belasco a préparé ce qu'il a à dire, il use de sa belle voix grave : « ... votre prémonition, comme vous l'avez justement appelée : une prémonition... Elle était exacte. Un pêcheur de la jetée, Domenico Zonza, l'a trouvé il y a peu. Toutes mes condoléances. »

Tea, sèche jusque dans son nom, entrouvre à peine les persiennes du salon car, pour elle, ce coucher de soleil est un scandale. Cette mer rouge et cette nature extravagante sont un scandale. Belasco observe la douleur qui s'empare de son esprit et de son corps. Mais c'est seulement la douleur de l'épouse, ce n'est pas une souffrance mortelle.

« Excusez-moi, commandant. »

Elle va dans la chambre, prend un châle noir dans l'armoire, puis voit le grand lit avec les bougies sur les tables de chevet ; elle pense à sa vie et émet un sanglot aussi fluet qu'elle. Puis, la tête penchée sur une épaule en signe de pitié, elle retourne au salon et s'assied.

Debout, le commandant Belasco la regarde, il avale sa tasse de café et pense que ce corps ne peut pas supporter ce qu'il a à lui dire.

« Madame, le capitaine apprend la nouvelle à votre fille en ce moment même, au bureau de l'avocat dans le Bàlice. Demain sera une rude journée. Le procureur s'occupe personnellement de votre cas. Votre mari était très estimé au Tribunal royal... »

Il enjolive encore sa voix.

« ... où nombreux sont ceux qui se souviennent de ses paroles.

— Les paroles aussi sont un scandale », murmure Tea pour toute réponse.

L'adjudant Testa attend sa réaction un verre d'eau à la main, prêt à l'offrir à l'anémique Giacinta. Il la regarde : le même visage que son père assassiné.

« Votre père... »

Elle ne l'écoute pas. Testa se tait.

Il a recensé dans la ville les victimes d'assassinats, mais il ne se souvient pas d'un avocat assassiné.

Certains étaient des excités, d'autres des fous. L'avocat Basilio Penna était un pervers et il avait reçu des menaces, mais assassiné... non. Non, c'est du jamais vu.

Giacinta attend elle aussi quelque chose, immobile.

« Qu'attendez-vous, mademoiselle ? »

Elle attend les effets de cette nouvelle, elle regarde autour d'elle dans la pièce et ne sent rien venir. Pourquoi ? L'année précédente, quand sa tante était morte, tous ses organes s'étaient rebellés. On avait dû lui donner de la teinture de laudanum pendant trois jours. Et à présent rien, elle ne ressent rien.

Elle se regarde dans le miroir, touche ses lèvres bleutées et pense que personne ne voudra d'elle. Une petite poule sèche, même pas bonne pour les marins qui ont passé des mois en mer. D'ailleurs, où conserve-t-elle les sentiments ? Où les range-t-elle ? Elle n'a pas un corps à sentiments. Les sauterelles sont passées par là.

Et pourtant les hommes y trouvent quelque chose, dans ce visage. Quelque chose de perdu à jamais, qui éveille nostalgie et envies.

Giacinta cherche encore quelque changement dû à la douleur, elle s'observe et s'observe encore : rien. Rien n'a changé. Alors, en signe de désespoir, elle émet un unique sanglot sec.

Âgée de quatre-vingt-douze ans, Michela Làconi est la mère de l'avocat Giovanni, tué par la peur sur la jetée de Saint-François.
Il ne s'est pas protégé. Il ne s'est pas protégé et elle le lui reproche maintenant à mi-voix.
Depuis des mois, elle ne sort plus de sa grande maison de la ville haute.
La vieille refuse l'air du dehors et elle voudrait refuser de manger.
Pour elle, s'alimenter est un processus alchimique d'équilibre entre l'eau qu'elle boit goutte à goutte, tel un chardonneret, et celle qu'elle élimine ; et elle fait de même avec la nourriture, chaque jour la même chose, en quantité égale. De cette façon – cachée dans sa maison –, elle est certaine de vaincre l'éternité, sans avoir à s'humilier par des prières que personne selon elle n'entend. Sans entrer dans la cathédrale, pas même une fois. Et pourtant, la force pour grimper jusqu'à la cathédrale, elle l'a, elle l'a tout entière.
Elle a fait préparer du café pour le commandant Belasco, dans une tasse aussi petite qu'elle.

« Mon seul fils ! Qui sait combien de temps il aurait vécu... de combien d'années on l'a privé... Il en avait cinquante-six et méritait de vivre au moins quarante-quatre ans de plus, pour arriver à cent comme son grand-père. Mais il est mort jeune, à l'image de son père. La vie, ça ne se gaspille pas. Tant d'efforts pour en économiser un peu et ils l'ont tué... Quelle peur il a dû avoir. »

Le commandant sait, tout le monde sait dans le quartier haut de Castello, que donna Michela place au-dessus de tout une vision économique de la vie et du corps — un corps d'une quarantaine de kilos, qui réduit en millièmes les idées, les sentiments, mais aussi les faits et les choses, afin qu'ils pèsent moins.
Du patrimoine qu'elle a accumulé faisait également partie son fils Giovanni. Elle avait souffert pour l'avoir. Elle avait même dû s'offrir à son mari — comme on entrouvre son coffre à la banque — qui, suite à cet empoisonnement, était mort frappé de stupeur cinquante-six ans auparavant, juste après que le ventre de sa femme, aussi gros qu'une bonbonnière, se fut allégé de son maigre poids, selon sa propre comptabilité naturelle des énergies.
Le nouveau-né, ridé comme une coquille de noix, avait grandi avec les rations maternelles et mesurait un mètre cinquante à seize ans. À la fin de ses études, sa taille était à peine plus haute et sa croissance terminée.

À présent, tout bien pesé et consigné dans sa mémoire, Michela trouve entre ses maigres côtes poreuses un bref sanglot qui fait au commandant Belasco l'effet d'un raclement de gorge.

En somme, trois sanglots pour Giovanni Làconi, qui s'inclinait dès le couloir pour entrer dans la salle d'audience royale, son porte-documents serré contre sa poitrine tel un ex-voto à remettre au saint patron des avocats, marchant comme on défile dans une procession.

Mais un assassinat est un assassinat, et le commandant Belasco avait retenu son souffle devant le mort. Il s'était presque enfui.

Le lieu du crime, ils appellent ça, et ils jurent que tout est là ! Il suffirait de sentir l'odeur de l'assassin, si quelqu'un le pouvait... De le reconnaître à l'odeur. Mais je n'en suis pas capable. Je vais devoir transpirer.

Personne n'a informé les trois femmes qu'on avait arraché son bras droit à l'avocat Làconi, avant de le jeter dans la barque de Zonza le pêcheur, qui a senti une morsure à l'estomac quand il l'a trouvé et s'est écroulé lui aussi, plus pâle que le bras, au fond de son bateau.

Ce chaud samedi de juin s'achève par un écrasant coucher de soleil. La petite ville de commerçants attend le miracle de la fraîcheur et se prépare à dîner sans limite pour les appétits, car demain est un jour de repos, et se remplir la panse est un plaisir dont tout le monde parle dans les quartiers hauts de Castello, de même que dans ceux du bas. C'est ainsi que naît la fumée de poisson grillé qui enveloppe tout et monte jusqu'à la falaise, l'odeur qu'a la ville quand le vent réparateur du nord vient à manquer.

2

« Encore de la poussière, Efisio !

— Carmina, ceci est de la marne avec beaucoup de silice ! »

Il referme nerveusement la boîte en métal qui contient les poudres.

Efisio Marini s'habille pour se rendre à son travail nocturne. En ville, l'air est chargé. Les vapeurs chaudes stagnent dans les rues du quartier de la Pola et maintiennent l'odeur du dîner dans chaque maison. De quelque pâté de maisons plus au sud, vers le port, s'échappe la sérénade gutturale d'un amoureux.

Chez les Marini, mari et femme, bien qu'encore jeunes – dans la fleur tropicale de l'âge – abordent quasi quotidiennement le sujet qui tourmente Carmina –, et une idée fixe qui consomme toute énergie enveloppe leur mariage comme d'un halo.

« Dans nos os et dans la roche de toutes les collines de la ville, il y a du silicium qui conserve. Et tu appelles ça de la poussière...

— Je sais bien, Efisio, que les pierres conservent les fos-si-les... Ce n'est même pas quelque chose de vivant... Juste une trace toute grise. J'en ai assez, assez. »

Carmina se tourne et Efisio voit sa nuque brune et haute. Il est agacé – un agacement incurable – car sa femme fait toujours cela quand ils évoquent cette idée. Carmina dit qu'elle en a assez et se tourne de l'autre côté.

Elle lui tournera toujours le dos.

Il se souvient quand, à dix-neuf ans, il la retrouvait en cachette au coucher du soleil sous un câprier géant des fortifications. C'étaient des couchers de soleil dangereux.

Puis il était parti étudier à Pise. Son père l'y avait envoyé, il disait que leur ville, avec ses marais et la mer autour, était une embarcation naufragée.

Le retour. Le mariage et les grossesses pénibles de Carmina. La malaria qui frappe tout le monde. D'autres couchers de soleil, mais moins risqués, sans imprudences. Sept années. Sept années ont passé et à présent c'est ainsi : un éternel recommencement.

Toujours la même réponse : « Ils ne sont pas vivants, car la roche ne génère pas, elle conserve, c'est tout. Je me contente d'abréger le temps nécessaire, tu le sais, Carmina.

— Mais aujourd'hui, on est samedi. Tu peux bien attendre lundi. »

Il enfile sa veste : « Attendre ? »

Efisio a vingt-six ans. Il est maigre, droit, brun, a une mèche noire devant ses yeux noirs : « Attendre ? Il est l'heure. Je dois aller sur la colline de Bonaria. Ce soir, je travaille sur une main. Beaucoup d'os et peu de tissus souples. Je ne peux pas attendre lundi. La dernière fois, j'avais réussi, du moins il me semblait... Et puis, après quatre jours, du nez du nouveau-né que j'avais presque changé en pierre est sortie la tête d'un ver blanc comme neige. Elle ne peut pas attendre lundi, cette main. »

Elle continue à lui tourner le dos, elle ne veut pas le regarder : « Écarte cette mèche, on dirait un bohémien.

— Un bohémien », répète-t-il tout en refermant la porte de la maison, et il se dit qu'il est en train de faire plus que fermer simplement une porte.

Dehors, il transpire. Il rencontre peu de monde dans la montée de Saint-Jacques, tous regardent ce jeune homme en veston blanc et le prennent pour une âme du purgatoire. Dans la petite ville, nombreux sont ceux qui connaissent Efisio et sa manie. Certains disent que c'est un savant fou, d'autres rient, mais il n'en a cure car il se sent supérieur à ces boutiquiers de village : il n'a pas la présomption du fou, simplement l'assurance que la nature l'a voulu meilleur que ceux qui prennent le monde pour ce qu'ils en voient de derrière un comptoir.

La pleine lune fait battre le sang à ses poignets.

Carmina va dans la petite chambre pour s'assurer que Vittore et Rosa dorment. Elle écoute.

Comme la respiration des enfants incarne pour elle l'idée même de famille !

Puis elle va au salon, augmente la lumière de la lampe et prend dans le buffet un coffret contenant les lettres qu'Efisio lui envoyait de Pise, où son père Girolamo l'avait envoyé faire ses études de médecine. Elle en ouvre une. Elle fait souvent cela quand Efisio l'inquiète et qu'elle éprouve une jalousie sans objet, une jalousie vague mais pénétrante pour tout ce qui éloigne son mari d'elle. Efisio fuit. Alors elle fouille dans ses lettres.

12 juin 1857

Carmina adorée,

Je suis sur le bateau, en route pour l'île du Giglio. Aujourd'hui, tout resplendit et j'ai l'impression d'être chez nous. Le vent aussi semble le même.

Les fossiles que je trouve ici sont aussi beaux que ceux que je trouvais au promontoire de l'Ange et ici aussi les silicates sont plus forts que tous les sels, mon trésor.

Le hasard préfère la matière vivante et je souffre de me savoir entre les mains du hasard. À sa mort, l'organisme – feuille, insecte, chien ou homme – peut être isolé de l'air et sauvé de la destruction à condition de faire le plus vite possible. L'air est impur et transporte tous les maux de ce monde.

Hier, sur le port, j'observais un chargement de palourdes que les pêcheurs vendaient sur la jetée et, comme cela m'arrive chaque fois, l'idée a heurté ma tête comme un mauvais coup. Puisqu'il y a déjà quelque chose de minéral chez un être vivant, comme la coquille des palourdes, j'ai pensé qu'il lui est plus facile de devenir fossile et de résister au temps. Et je me suis dit : nous, nous avons des minéraux, nous en avons dans les os, et moi qui ai surtout des os, je deviendrais fossile en peu de temps. Si j'empêche les germes de travailler, si je ne laisse pas le temps aux vers d'agir, si j'accélère la transformation en minéral, si je vais plus vite que le temps, si, si, si...

D'où a surgi cette idée, Carmina l'ignore. Et elle ne comprend pas ce que signifie cet au-delà anticipé auquel Efisio pense tout le temps. Ce n'est pas celui des prêtres, non, mais il est en pleine quête, il travaille dur et s'efforce de croire. Cette idée fixe de son mari signifie forcément quelque chose : mais elle ne veut en aucun cas être contaminée.

Elle rêve d'une maladie qui le fasse souffrir jusqu'à l'amnésie, puis le lui restitue docile, comme elle le voudrait, et sans idées trop grandioses.

Elle prend une autre lettre.

Pise, 18 avril 1858

Carmina adorée,

Je le sais, tu penses qu'une idée trop obsédante risque de rendre un homme fou... Mais ce n'est pas mon cas. Nulle idée ne s'est emparée de moi au point que j'en oublie la promesse que je t'ai faite à l'ombre du câprier quand je suis parti.
Mais le temps est un acide plus puissant que tu ne l'imagines. Voilà, je veux que le temps s'use un peu les canines. Je ne suis pas devenu fou... Mais au moins, quand il enfonce ses crocs, qu'il trouve quelque chose de coriace conservé par Efisio.
Tu trouves que ce serait un travail à moitié fait ?
L'autre moitié de la tâche est trop vaste et je n'ai pas le courage d'en parler, même si elle traverse continuellement mon esprit. Après l'arrêt de la vie, après la transformation en pierre, rendre sa flexibilité au corps et puis attendre à nouveau la respiration, le mouvement, la voix, la voix... Nous sommes jeunes...

Selon Carmina, cette conviction obstinée ressemble à celle des fous, et elle est en colère.
Après trois ans de mariage, elle constate que l'idée fixe d'Efisio l'emporte sur tout. Ce n'est pas ce qu'elle voulait. Elle a mal, elle est triste et maintient à distance cette idée. Mais ça ne marche pas.
Il a travaillé toute la journée dans son cagibi de l'Insti-

tut d'anatomie, puis il s'est rendu, sous une lune pleine, au cimetière de la Madone de Bonaria pour accomplir un travail qu'il considère comme un artisanat, mais espère transformer en art.

Rosa miaule dans son petit lit et Carmina l'entend. Elle trouve un moustique boursouflé sur le cou de la petite, le chasse et le poursuit le long des murs : impérial, le moustique se pose plus bas. Elle l'écrase et regarde la traînée rouge sur le mur.

« Docteur Marini, voici la main de la jeune femme. Elle était dans la glacière », dit à mi-voix Antioco Cicciotto, le fossoyeur, le fils de Piricco, le défunt croque-mort philosophe enterré dans le même cimetière, dans une tombe de deuxième catégorie.

« Merci, Antioco. »

Efisio prend le paquet, ouvre les doigts, met la main sous la lampe de la salle mortuaire et écrit :

16 juin

Main d'une jeune femme de vingt-six ans morte de fièvre cérébrale. Conservée dans la glace depuis dix heures. Couleur : grise. Consistance : comme fibreuse. C'est une belle main, la main d'une femme qui prenait soin de son corps et de son esprit. Elle jouait probablement d'un instrument. Peut-être n'accomplissait-elle que quelques travaux domestiques. Une femme intelligente ? Je ne sais pas, quoi qu'il en soit une femme attentive aux choses. De grandes pensées ? Oui, peut-être, c'est une main remarquable que celle-ci, la main d'un corps remarquable, avec peut-être une tête remarquable.

Il referme le cahier et remplit d'eau une bassine métallique. Il y plonge la main, qui repose paume vers le haut, et s'assure qu'elle est entièrement immergée en la lestant de plomb. Il verse et dissout deux poudres différentes. Puis sort de son sac une pile cylindrique, la relie aux bords du récipient et démarre le bain électrique.

« Maintenant, il faut attendre, Antioco. C'est le courant électrique qui dispose les substances et distribue la matière. La main va changer de couleur. Au début, elle changera rapidement, puis lentement et puis... Et puis... Je suis fatigué, fatigué. »

Il cesse de parler et allume une cigarette.

Antioco l'a tout de suite reconnue quand ils ont conduit la jeune femme au cimetière ce matin. C'était Lucia, l'unique putain du quartier du port. Putains depuis des générations, elles s'appelaient Lucia de mère en fille. Mais il ne l'a pas dit à Efisio Marini. Il préfère que l'unique partie de Lucia destinée à durer demeure anonyme et admirée, car cette main grise, congelée, est vraiment une belle main. Et dire qu'elle touchait toutes ces cochonneries dans le va-et-vient du port.

Efisio allume une autre lumière, la place près de la bassine, s'assied, coudes sur la table, et observe.

Regarder. Il a compris depuis longtemps que marcher en regardant en même temps le ciel et la terre lui procure un mal-être incurable qui s'est diffusé autour de lui comme par contagion, jusqu'à Carmina, même si elle ne le voulait pas.

La main de la jeune femme change de couleur et un reflet de nacre secoue Efisio : « Elle change ! Elle change ! L'eau n'est plus trouble... La chair change... »

3

De l'autre côté de la mer, près du désert, pousse le pavot.

L'oubli : tel est le médicament qu'on trouve dans les lénitifs conservés sous forme d'ampoules de verre entreposées dans le noir.

Le soleil a fait enfler le pétale rouge sur lequel transpire le ramasseur, courbé, qui en met lui aussi un peu de côté pour lutter contre la douleur et qui, à présent, a un regard hébété, en extase.

Il a commencé à ramasser quand il était enfant et aujourd'hui, des années, il en compte presque soixante-dix. Il y a longtemps qu'il ne quitte plus la plantation, l'oasis et son eau nourrissante. Il se couche sur la paille de sa cabane, mais ne dort jamais vraiment. Il pense à sa femme, Hana, qui vit dans l'autre ville depuis vingt et quelques années.

Quand il allait en ville, au tribunal, il regardait la mer pendant des heures. On lui avait expliqué que de l'autre côté, il y avait une ville blanche, haute, assiégée par les marais, habitée par des hommes craintifs qui fuyaient la peur en restant accrochés à leurs maisons. Sa femme Hana vivait là, elle avait eu une fille et c'est là qu'arrivaient ses lettres à lui, auxquelles personne ne répondait depuis bien longtemps.

Il regardait, regardait et retournait vers l'oasis, où il se consolait avec le jus recueilli.

4

Le chemin raide et caillouteux parcouru en calèche a désarticulé à moitié le petit corps de Michela Làconi, et sa petite-fille Giacinta l'a aidée à se jucher sur le fauteuil du bureau d'Efisio.

« Je connaissais tes grands-parents, Efisio. Aujourd'hui, lui qui avait un an de plus que moi en aurait quatre-vingt-treize et elle quatre-vingt-huit. Aimables et bons... Mais ils n'ont pas duré. »

Malgré les ressources économisées, la vieille oublie ce qu'elle a mis de côté dans sa tête pour le dire à Efisio et se masse les tempes : « Tu vois ? Je dois appuyer exactement là où se trouve la mémoire, mes os sont désormais en papier et je me masse le cerveau. Tu es médecin, tu sais comment fonctionnent les vieux. J'ai pris le soleil en venant ici et le soleil use. Il suffit de regarder ce qu'il fait à la terre et on comprend ce qu'il fait à un petit corps comme le mien. »

Encore un silence et soudain elle attrape l'idée : « Je suis au courant de tes recherches, Efisio, tout le monde en parle... Et tu as seulement vingt-six ans.

— J'en ai presque vingt-sept, il faut être précis avec le temps. Comme vous. »

Un autre silence. Le sang coule goutte à goutte dans la tête de Michela, mais il coule : « Mon fils Giovanni... » Elle se tourne vers Giacinta : « Ton père... »

Elle est pâle, Giacinta, mais rien chez elle ne donne cette impression d'économie du corps. Bien au contraire, elle a le regard de qui s'use au point de s'écorcher.

Efisio écarte sa mèche : « Je sais, je sais... Il n'y a rien de pire qu'un homicide. Rien. Celui qui tue est un fou qui veut imiter le Créateur...

— Que vient faire ici le Créateur ? On lui a arraché un bras et fracassé la tête... Tu dois remettre les choses à leur place, puis les faire durer. Tu dois le faire durer, mon fils. Je suis venue ici de bon matin pour te le demander. »

Même si tout, absolument tout chez Michela a atteint le plus haut degré de proximité avec la terre, malgré son métabolisme de tirelire, Efisio pense que quelque chose subsiste dans ce corps diminué, peut-être la mémoire, un peu de la force qui avait en son temps expulsé l'avocat et l'avait enveloppé d'une existence protégée d'abord par les langes, puis par le droit qui ne l'avait cependant pas assez abrité.

« Mon unique fils. Je n'en ai pas eu d'autres. Mon mari est mort peu après la naissance de Giovanni. Il est mort en un instant, vraiment dans un souffle... Il mangeait sans arrêt. »

Efisio la regarde et pense que ses fonctions maternelles sont toujours actives, au moins sous forme d'idées, contrairement à tant de vieux – il en connaît beaucoup – qui vivent exclusivement en fonction du cycle des repas et digestions et que rien n'intéresse plus. Oui, cette vieille a quelque chose... elle a quelque chose... et il glisse un petit banc sous ses pieds qui battent l'air.

« Merci. Tu as un beau visage, Efisio Marini... et tu es maigre, c'est bien ! Tu verras comme tu dureras. Tu dois faire du bon travail avec mon fils aussi. Je le veux entier... »

Efisio prend une poignée de ses sels et les lui montre : « Vous savez que je n'ai pas encore réussi à arrêter...

— Les vers. Je le sais, en ville on sait tout. Mais tu y es presque et tu y arriveras certainement avec mon fils Giovanni. »

La vieille s'assoupit d'un seul coup et bouge ses petites mains comme les enfants quand ils rêvent.

Elle reste ainsi quelques minutes, puis un tremblement plus fort que les autres la réveille – peut-être son fils lui est-il apparu –, et Efisio continue : « Avec le temps disparaît ce qu'il y a de plus faible en nous, Michela : l'eau... Enfin, moi j'enlève toute l'eau du corps, je le rends plus coriace... Mais je ne le fais pas assez vite... J'apprends, et alors vous savez ce qui se passe ? Une destruction plus rapide que mes sels...

— Giovanni est conservé depuis hier matin dans de la glace... Je l'ai vu. Tu dois aussi remettre en place les os de sa tête, sa pauvre tête... Et son bras...

— Eh bien, ne vous préoccupez pas pour ça, je vous le rendrai intact. Vous savez qu'il a même défendu mon père ? J'étais petit, je me souviens que c'était une affaire de graines arrivées du Latium qui avaient moisi. Depuis : orge et blé tunisiens, ils arrivent plus vite et ils sont meilleurs... »

Une légère secousse parcourt Michela : « Giovanni était un faible, il avait des bras de cire, on aurait dit un martyr. Le tuer a été... a été... »

Efisio s'aperçoit que ses petites mains tremblent, que sa tête dodeline et que ses pieds cognent contre le petit banc. Il a une idée : il remplit un verre d'eau et y dissout deux cuillerées de ses sels. Il a toujours pensé qu'ils serviraient de tonifiant chez une personne vivante : « Buvez, ça vous fera tout de suite du bien, donna Michela. »

Elle boit à petites gorgées et en laisse la moitié, avec une petite grimace ridée : « Pourquoi lui avoir coupé un bras avant de le jeter ? Pour me faire encore plus de mal ? Efisio, je voudrais savoir s'il était encore en vie quand on lui a coupé le bras. Tu me diras la vérité ?

— Bien sûr. C'est facile. Mais pour pouvoir le déterminer, j'ai besoin de le voir et d'être désigné comme votre médecin de confiance dans cette affaire. »

Michela le surprend, elle cesse de dodeliner – peut-être grâce au reconstituant qui commence à la remettre d'aplomb – et elle presse encore ses tempes : « C'est déjà fait, tu es déjà notre médecin attitré. Le commandant Belasco, de la police royale, te l'expliquera lui-même : j'ai tout réglé comme je voulais. »

Efisio l'aide à descendre de son fauteuil. La petite femme se redresse et quitte la pièce.

Giacinta a gardé le silence, elle est pâle et en sueur, comme si elle avait la fièvre. Étrange, se dit Efisio : transpirer dans une famille de gens si secs. La fille de l'avocat s'incline, puis suit sa grand-mère.

Efisio est content. Pour la première fois quelqu'un lui a demandé, se fiant à lui sans réserve, de tenir éloignés d'un corps vers et putréfaction. Il se sent investi d'une dignité de prêtre que personne ne lui avait reconnue auparavant. Et sa tendance à se mettre en scène le rend nerveux et le trouble.

Il entre dans le cabinet de conservation.

La main qu'il a rapportée du cimetière est encore dans le bain électrolytique. Se sont écoulées toutes les heures de la nuit et la moitié de la matinée ; la main est déjà dure, blanche, les doigts repliés comme sur un clavier de piano. Un doigt noirci l'inquiète, l'auriculaire : de là pourrait surgir un ver trop heureux d'un tel repas. Il la renifle, mais sent seulement l'odeur salée de sa poudre conservatrice.

Autour du pouce pétrifié, il a lié un bracelet en cuivre qui porte, gravé :

EFISIO MARINI, MOMIFICATEUR À CAGLIARI, JUIN 1861.

5

Matilde Mausèli avance majestueusement, on dirait
que le miroir l'a désignée quelques minutes auparavant comme la plus belle du Royaume. Elle bouge et
marche comme si elle observait tout de haut. Elle est
ainsi depuis l'enfance. Ses cheveux et ses yeux couleur de miel l'autorisent à se sentir d'une autre race,
venue de loin, de contrées plus vertes que celle-ci. Ici
elle se mêle aux femmes de la ville au teint olivâtre,
mais elle reste différente.
Elle est la cousine de Carmina – même si Carmina n'a
jamais sympathisé avec tout ce miel –, ainsi a-t-elle le
droit de s'arrêter pour discuter avec Efisio, même
dans la rue.
Ils se rencontrent devant le Grand Café tandis qu'il
monte vers la place du Tribunal royal.

« Oui, Matilde. Un jus de tamarin froid avant la montée, et un petit cigare. »

Ils se croisent à une table sous le store blanc.

Elle l'a toujours mis mal à l'aise, non parce qu'elle est belle, mais parce qu'elle semble voir plus loin que sa mèche, qu'il n'écarte pas de son front aussi longtemps qu'ils parlent.

Mais avec Matilde il peut discuter de grandes choses. Ils se parlent et s'écoutent. Une certaine confiance s'est lentement installée, sans pour autant revêtir de forme définitive. Et c'est précisément cette indétermination qui empêche de tracer une frontière précise entre les deux jeunes gens et constitue l'unique omission d'Efisio en matière conjugale, car il éprouve une sourde culpabilité quand il lui adresse la parole et respire son parfum mentholé qui lui est familier – il ne sait pourquoi – mais ne l'apaise pas.

De son côté, elle a toujours apprécié la dimension philosophique d'Efisio. Plus pragmatique, Salvatore, le frère d'Efisio, lui a toujours dit que les femmes préfèrent les hommes différents.

« Efisio, je sais que la famille Làconi t'a désigné comme médecin de confiance. Giacinta est mon amie. C'est elle qui me l'a dit. La vieille Michela t'a choisi. »

Matilde retire son chapeau et le pose sur la table, puis ses mains vérifient son chignon blond. Elle fixe Efisio avec anxiété : « Que s'est-il passé dans cette maison ?

C'est trop... trop... Mutiler un corps de cette façon... Je l'ai vu. Et depuis je ne pense qu'à notre corps, au mien, à la façon dont il vit, dont il sent le chaud et le froid, dont il va d'un endroit à l'autre... » Elle se tait. « Qui sait pourquoi je te dis cela... »
Il cesse de boire son jus de tamarin et regarde à travers le verre. « Mutiler un corps. Tu as raison, Matilde, c'est trop important, le corps.
— Trop important pour l'abandonner sans se battre. L'avocat a dû céder aussitôt... »
Efisio regarde les passants, éblouis par le soleil, anesthésiés par la chaleur, mais vivants : « L'abandonner ? Qu'est-ce qui l'abandonne, Matilde ? Crois-tu que quelque chose renonce aux muscles, aux os et à tout le reste ? Une énergie qui soutient tout et qui bloque tout quand elle s'en va ? Ce sont sûrement les pensées qui nous abandonnent, croyais-je quand j'étais plus jeune, et j'imaginais que les idées n'étaient pas des choses... Et pourtant elles se sédimentent exactement comme les choses, puis elles se compliquent et se ramifient. Mais c'étaient là des idées de gamin... Les idées sont un produit du corps, comme le sang, et elles finissent avec le corps. Peut-être les idées aussi ont-elles une forme, une texture, peut-être sont-elles comme les forces électriques ou bien... », il regarde vers le haut, « comme la lumière... »
Les yeux de Matilde ont des reflets orangés sous le store du café, et il réalise que bien peu de choses parviennent à balayer l'éternité et à la remplacer par

le présent, peu de choses, dont cette jeune femme dorée : « Sais-tu à quoi j'ai pensé, Efisio, quand j'ai vu l'avocat ? Je ne l'ai raconté à personne, pas même à Stefano. Je me suis sentie désespérée, perdue, et je me suis demandé : Est-ce là tout ? Tous les efforts que nous faisons conduisent-ils à cela ? Et j'ai pleuré, mais pas pour l'avocat. Je ne devrais pas le dire, mais je pensais à moi et à mon propre corps. »

Efisio vide son verre. Ces pensées, elle ne les a confiées à personne, pas même à son fiancé ? Que veut-elle dire ? Pourquoi lui en parle-t-elle, à lui et non à Stefano ? Il allume son cigare et imagine une promenade avec elle jusqu'au promontoire aux fossiles.
« Oui, c'est une grande chose que le corps. Mais si tu le voyais ne serait-ce qu'après un jour passé en plein soleil et à l'air libre, tu te poserais cette question avec encore plus d'insistance, tu te la poserais tous les jours, à chaque instant. »
Les yeux orange de Matilde émettent vraiment de la lumière : « Parles-tu de ces choses-là avec Carmina ? »
Carminetta. Sa belle nuque, ses pas qui suivent un chemin sûr.
« Carmina est une femme intelligente. »
Il écarte enfin sa mèche et laisse la jeune femme voir son front, qu'elle y trouve ce qu'elle voudra : « Dis-moi plutôt, Matilde, comment va l'école ? Tu es la seule femme qui enseigne au lycée. Peut-être voudrais-tu fumer comme un homme ? Tu veux savoir

de quoi nous parlons, Carmina et moi ? Et avec ton Stefano, de quoi parlez-vous ? Et d'ailleurs, est-il bien nécessaire de parler avec ceux que nous connaissons si bien ? »

Matilde remet son chapeau blanc et s'illumine encore un peu plus : « C'est vrai, je n'y avais jamais pensé. On parle davantage avec ceux que nous connaissons mal, c'est normal ! Mais il faut quelque chose qui nous y pousse et nous y incite... »

Puis, debout, elle répète pour elle-même, mais aussi pour qu'Efisio l'entende : « On parle pour connaître ceux qui nous intéressent, c'est vraiment cela. Puis, chez soi, on se tait avec ceux qu'on connaît déjà. Stefano dit que je parle peu. »

Efisio voudrait lui aussi être sous ce chapeau.

Il ouvre grandes les deux portes-fenêtres. Le vent chaud pénètre dans la pièce et la lumière éclaire le corps de Giovanni Làconi.

Efisio sent qu'il marche sur un fil depuis lequel tout grandit et rapetisse sans contrôle.

Il retire sa veste, met les mains sur les hanches quelques secondes, puis prévient le commandant Belasco de l'index : « Ce n'est pas facile ! Tout a déjà commencé. Il n'a pas été bien conservé, il fallait plus de glace. Commandant, la baignoire avec les sels est prête. J'ai besoin d'une quantité que je n'ai jamais expérimentée auparavant. Laissons les fenêtres ouvertes et vous verrez que d'ici peu vous ne sentirez plus l'odeur. Le cerveau ignore les odeurs s'il le veut, il suffit de s'exercer. Mais d'abord... »

Il ouvre un sac qui porte ses initiales dorées.

« ... d'abord une promesse. Je dois remettre en place le bras de l'avocat. C'est donna Michela qui me l'a demandé. »

Il fait passer un fil noir dans le chas d'une aiguille courbe en forme de demi-cercle et prépare ses instruments.

Belasco aperçoit la lame au fond du sac, une lancette brillante ; il lisse ses cheveux et, ce matin, sa voix est moins belle que d'ordinaire : « Le juge Marchi veut connaître la cause du décès, mais surtout reconstruire l'ordre des événements. L'a-t-on d'abord étranglé puis amputé ? L'ordre, docteur Marini... Par conséquent, faites exactement comme le Dr Sau qui, grâce à des années de labeur, a conquis l'estime de... »

La mèche d'Efisio colle à son front grâce à la brillantine. Il a enfilé une blouse blanche qui lui descend jusqu'aux pieds. Il cesse de fouiller dans son sac, se redresse comme un bambou, s'approche de Belasco, le fixe de ses yeux de braise et lève l'index vers le haut : « Commandant, en cet instant, moi seul fais autorité. Moi seul décide, en fonction de la pitié que j'éprouve et de mes connaissances, quoi faire et dans quel ordre. Vous ignorez tout des difficultés de ma tâche... qu'en savez-vous ? Je suis ici pour comprendre et pour sauver l'avocat qui s'enfonce depuis de longues heures dans l'éternité. Voilà, voilà le point qui ne doit pas vous échapper : nous sommes devant l'éternité et ce corps blanc et velu pourrait devenir un minéral inaltérable conservé parmi nous, de ce côté-ci... »

Cet index tendu vers le ciel a le même effet sur Belasco qu'un chiffon rouge sur les taureaux, mais sans attendre que le commandant réplique, Efisio a déjà commencé d'un zigzag funeste à passer le fil noir qui unit le bras et l'épaule de l'avocat Làconi, faisant taire l'officier.

Quand il en a fini avec le bras, il regarde Belasco et empoigne la lancette. De l'équilibre, il faut de l'équilibre.

« À présent, commandant, le thorax. »

Efisio plonge la lame dans la fossette sus-sternale, il appuie et dessine une entaille grise jusqu'au pubis désolé de l'avocat. Avec les cisailles, il divise le sternum, l'écarte et, rapidement – il semble un cannibale aux yeux du commandant –, extrait le cœur. Il le lave, le sèche et le pose sur le plan de travail en marbre où il le coupe en tranches qu'il maintient attachées les unes aux autres par une extrémité : un livre qu'il ouvre et qu'il ferme plus d'une fois, comme s'il lisait dedans.

Il l'examine avec une loupe, le remet dans sa cavité sombre, qu'il recoud avec une savante rapidité.

Puis il va à la porte-fenêtre de la salle de dissection, en silence, et aspire tout l'air qu'il peut.

Il consulte sa montre : il lui a fallu vingt minutes pour ouvrir et refermer Giovanni.

Il allume un petit cigare : « J'ai fini, commandant, maintenant je vais restaurer l'avocat, comme me l'a demandé sa mère. Plus vite que le Dr Sau. Envoyez-moi le fossoyeur. Nous devons mettre le cadavre à tremper. J'attends ici et je souffle, je veux souffler un peu à la fenêtre. »

Belasco est ramolli par cette odeur, par toutes ces dissections, par le bruit de la chair et des os, ces organes qui glissent, et il est heureux de sortir de la salle.

Arrive Matteo le fossoyeur, un fainéant heureux qui est également le carillonneur de la cathédrale et qui bégaye quand il voit l'avocat dûment restauré : « Il y a une astuce, il y a une astuce.

— Bien, Matteo. Nous devons mettre Làconi dans cette baignoire... c'est tout. Et ajouter des poids pour le maintenir au fond. Mais d'abord, il y a ce front défoncé qu'il faut réparer. Il avait un beau front que nous devons reconstituer, bombé et pensif, tel qu'il était. »

Il prend dans son sac un trépan et pratique un trou dans la tempe, caché par les cheveux, tandis que Matteo, très concentré, tient la tête du mort. Puis il glisse dans le trou un levier en métal avec lequel il repousse les os déformés. Le front reprend sa courbure naturelle et, sur le visage de l'avocat, réapparaît une expression sereine et digne, même si la mâchoire

pendante rappelle encore combien la peur l'a mal-
traité.

Alors Efisio fait un point de suture pour lier les gencives des deux maxillaires et ferme définitivement la
bouche de Giovanni Làconi.

« Matteo, il faut qu'il reste dans le bain électrolytique
un jour et demi. Ne fais pas cette tête-là, il n'y a pas
d'astuce... Mais si la putréfaction s'empare à nouveau
de lui, qui sait combien de rires, combien de sarcas-
mes... Je les entends d'ici, les paresseux de mon quartier, assis sur leurs bancs, à attendre que le temps
passe... »

Il aide Matteo, puis retourne à la fenêtre.

Belasco est de retour, il voit le cadavre gris dans la
baignoire, maintenu au fond par quelques poids liés
aux extrémités, et remarque que la brillantine qui dis-
ciplinait la mèche d'Efisio a cédé.

« Vous voyez, commandant, l'avocat Làconi est de
nouveau parmi nous. Ce n'est que de l'artisanat. Mais
à présent il faut que je vous parle... L'avocat n'a pas
été assassiné... »

Cet index, songe Belasco, cet index. « Le juge Marchi
nous attend au palais, allons-y. »

Le commandant est déjà en route vers la porte, il s'arrête d'un coup et se retourne, car la phrase d'Efisio
est arrivée jusqu'à son cerveau : « Comment ça, docteur Marini ? Il n'a pas été assassiné, il n'a pas été
étranglé ? »

Efisio a retiré sa blouse : « Non. »

Ils laissent Matteo veiller sur l'avocat dans son bain et pénètrent dans le vestibule.

« Il n'a pas été assassiné ?

— Non. »

Ce non, non et rien d'autre, est une provocation, presque une insulte. Mais Belasco est orgueilleux et ne pose plus de question. L'index d'Efisio est agile, prêt à toutes les explications.

Matilde est restée seule au café. Elle attend, abritée sous son chapeau, que la glace la rafraîchisse un peu et que Stefano Mele, son fiancé, ait achevé sa journée de travail dans le cabinet du notaire Dettori, avant de descendre en calèche jusqu'à la mer.

C'est juste, Efisio a raison : comment pourrait-on s'amuser en discutant avec quelqu'un qu'on connaît bien ? Cette mèche, soit elle la lui coupera, soit elle lui offrira une épingle à cheveux avec quelque chose de gravé, écrit si petit qu'il faudra une loupe pour lire.

Entre-temps elle compte combien parmi ceux qui cherchent l'ombre sous le store sont en train de la regarder, et elle s'amuse à dresser un catalogue intime des types de regards. Mais elle n'a jamais compris si ses couleurs, rares dans cette ville, attirent les hommes ou sont simplement une curiosité. Elle soupçonne que, de par leur nature et leur désir, ces hommes demeurent promis à la peau brune et aux cheveux noirs des autres femmes. Mais elle n'a jamais parlé de cela avec personne.

Même Stefano – Matilde l'a remarqué – regarde les autres filles, ces femmes à la peau sombre à moitié musulmanes, d'une façon qui ne peut être qu'obscène. C'est pourquoi elle compte les regards des hommes, les classe et s'efforce de les comprendre.

6

Une foule bigarrée est massée sur la place du Tribunal royal.

Des êtres nuragiques[1] et pâles, avec une grande tête, des mains poilues et des fémurs courts, parfaits pour les montées en colimaçon de la ville ; des Arabes avec des cheveux frisés et des pommettes qui arrivent des côtes africaines, tout comme la nostalgie qu'ils ont dans le sang. À l'écart, une race peu nombreuse, civilisée et à la peau claire, blonde même, à peine dorée par le soleil du Midi.

Ces trois races ne se mélangent pas et regagnent cha-

─────────

1. De *nuraghe*, tour antique, en forme de cône tronqué, typique de la Sardaigne (*N.d.T.*).

que soir leurs quartiers, que la loi a séparés par des murailles et des portails de façon à préserver un type propre à chacun, dont le caractère génétique apparaît aussi dans les vêtements, la nourriture, les maisons, les métiers.

Efisio vient de loin. Son frère Salvatore – l'âme tridimensionnelle de la famille, qui a remplacé leur père dans les affaires du port – se l'est toujours représenté comme le descendant de quelque nomade plus préoccupé par l'étude des étoiles et des planètes que par la nourriture, l'eau et la terre. Mais Efisio, avec la présomption des jeunes gens solitaires, voudrait unir le ciel et la terre, ici même, au Tribunal royal, devant Belasco et le juge Marchi.

Dans le bureau de ce magistrat parcheminé règne une pénombre silencieuse et ne parvient que le bruissement de la place, tandis que de temps en temps les rideaux se gonflent.

Le juge, dont le visage est traversé par des rides aussi profondes que des incisions, lève de grands sourcils blancs pour mettre en garde ceux qui se trouvent devant lui.

« Dites-moi, docteur Marini. »

Efisio dresse l'index : « L'effroi, c'est le démon de l'effroi qui a tué l'avocat Làconi et lui a noirci le cœur. Le cœur de l'avocat, monsieur le juge, avait la *pointe noire*. »

Belasco, qui devant Marchi supporte encore plus difficilement l'index d'Efisio, choisit la voix la plus grave qu'il possède : « Docteur Marini, il s'agit là d'un mélange de poésie et de malédiction biblique... Vous êtes médecin et la famille Làconi vous a chargé de faire votre travail d'autopsie sur le cadavre de l'avocat, non de parler par énigmes. Il y a eu un assassinat... un assassinat ! »

Le commandant regarde le juge boire son café et pense s'être exprimé correctement, d'une voix de circonstance, grave et sérieuse.

Alberto Marchi reste muet et garde les gorgées de café sous son palais. Cinquante années auparavant – à douze ans –, il avait assisté à la pendaison en place publique de Salvatore Cadello, puis à sa décapitation, et vu sa tête exposée pendant des jours sur l'échafaud. Depuis lors, est demeurée en lui cette peur, la peur de la potence et de la foule, et son intelligence a appris à ne rien faire, elle est devenue un barrage contre l'action, une digue contre des événements qui du reste ne se produiraient pas si cela ne tenait qu'à lui. C'est pourquoi il se tient toujours à l'ombre, bien abrité, et a cette couleur de parchemin. L'idée que l'effroi puisse tuer le fait réfléchir... Mais peut-être ce Marini est-il seulement trop jeune, voilà tout, et lui-même a-t-il mal fait de s'en remettre à un si jeune homme pour des choses si sérieuses.

« Expliquez-vous, docteur. Que signifie le fait que le cœur de l'avocat ait la pointe noire ?

— Cela signifie, votre honneur, que le cœur, peut-être déjà malade, s'est arrêté, ou plutôt que sa pointe s'est arrêtée, bloquant également tout le reste puisque c'est le cœur qui met tout en marche, ainsi que l'enseignait le Dr Sau.

— Laissons de côté votre collègue Sau. Le cœur s'est-il arrêté à cause de l'étranglement ? demande Marchi.

— Non, il s'est arrêté avant, sous l'effet de la peur d'être tué. C'est la peur qui l'a arrêté. »

Le juge le fixe et le scrute du regard. Il ne donnera pas à ce jeune homme la satisfaction de poser une question.

Efisio ressent puissamment le plaisir qu'éprouve l'acteur sur la scène, le musicien avec son instrument, le peintre qui montre son tableau.

« La ligne noire du lacet autour du cou n'est pas la cause de la mort, pas plus que cette pauvre tête déformée par un coup de brique. Celui qui a étranglé l'avocat a, si l'on peut dire, étranglé un mort, il a défoncé le crâne d'un mort et a mutilé un mort. De sorte que celui qui a fait tout cela n'est l'assassin de personne, car on ne peut assassiner un mort, même si on ne peut pas dire qu'un mort n'est personne. De quelque façon qu'on l'envisage, en prose ou en vers, commandant Belasco, le fait initial et définitif a été l'éclatement de ce cœur. C'est pourquoi nul sang n'a coulé du cou, bien que le lacet l'ait entaillé, et pour la même raison nul sang n'a coulé de la tête, ni de l'épaule. Il n'y avait pas de flaque de sang autour du cadavre, j'en suis sûr ! N'est-ce pas ?

— Oui, c'est exact. » Belasco regarde Marchi. « Il n'y avait pas de sang autour.

— Le flux de sang, une expression poétique mais qui ne reflète pas la réalité, était déjà arrêté et l'avocat déjà mort. On appelle déterminisme la recherche de... »

Belasco n'en peut plus, il n'en peut littéralement plus. Ce jeune homme à l'index universel lui cause comme une douleur au cou qui ne disparaît pas quand il se tait : « Déterminisme, docteur Marini, déterminisme ? Mais combien de grands mots devrons-nous encore écouter ? Combien de fois devrons-nous subir cet index présomptueux ? Quand bien même ce serait le doigt de la Création ! Nous avons compris ! Vous avez fait votre travail. La deuxième partie, la momification, dis-je, n'est pas requise par la loi, mais par une mère extrêmement âgée qui veut qu'on conserve son fils. Voilà tout ! Et vous, malgré cela, vous embellissez, ornez, encadrez tout ce que vous dites, comme si... »

Les aspects les plus puérils et provocateurs de la personnalité d'Efisio sont ce qui le pousse à se mettre en scène : « Vous vous plaignez de mon index. Vous ? Et que devrait-on dire de votre buste si droit qu'on le dirait dépourvu d'os et de cartilages, contrairement aux autres ? Et de votre voix, qui semble mieux adaptée à la parade ? Et que dois-je penser de quelqu'un qui juge des faits qu'il ne peut comprendre ? Vous ne vous êtes même pas demandé pourquoi il n'y avait

pas de sang autour du cadavre de Giovanni Làconi !
Non, commandant, *aquila non capta muscas...* »
Les veines de Belasco se gonflent sur son front :
« L'aigle n'attrape pas les mouches ? Vous seriez l'ai-
gle et moi une mouche impertinente ? C'est ce que
vous voulez dire ?

— Je dis que je n'ai que faire de vous, commandant,
voilà ce que je dis. Moi seul vous ai fourni en trois
quarts d'heure une explication des faits que le Dr Sau
vous aurait fournie en une semaine. Moi seul ai
redonné forme humaine à l'avocat Làconi, alors que
vous l'auriez enterré tel qu'il était, un bras arraché et
le front défoncé. Je le conserverai pour qu'une petite
partie du mystère... »

Marchi est un homme d'une remarquable intelligence
qui pourtant avance lentement et, surtout, sort rarement des salles du Tribunal royal. Il ne regarde même
pas Elisio et Belasco, qui se taisent quand le juge
parle.

« Cette histoire risque de ne jamais finir. La famille
Làconi et tous les avocats de la ville demanderont qui
est apparu à Giovanni Làconi sur le môle, qui a fait
tout cela... Qui, encore et toujours qui. Cela restera
dans les mémoires et corrompra les archives... et on
se souviendra du juge Marchi comme de celui qui n'a
pas trouvé et donc pas jugé l'assassin d'un homme
déjà mort. »

À présent il s'adresse à Belasco : « Commandant, je
juge les criminels quand on les conduit devant moi.

L'enquête est de votre ressort et l'enquête est action ! Savez-vous ce que disait le juge Cara ? Fais bouger et secoue les hommes, et quelque chose sortira même de sous les pierres. Et on trouve de tout, sous les pierres, de tout ! Le Dr Marini est jeune, très jeune, mais il a éclairci pour nous un point important : nous devons retrouver un assassin qui utilise la peur pour tuer ! L'avocat a été mutilé, brisé, mais on lui a ôté la vie en utilisant l'effroi comme le plus foudroyant des poisons ! C'est donc une affaire de meurtre pour la justice : il y a un meurtre, il y a la volonté de tuer et nous avons même découvert l'arme du crime : la peur. » Puis il regarde Efisio : « Un meurtre. C'est un meurtre. »

Efisio sent des fourmis dans ses mains et dans sa langue : « Monsieur le juge, le fou agit et laisse des traces qui parlent pour lui ! Peut-être ne s'est-il même pas aperçu que Giovanni Làconi était déjà mort ! Pensez à ce qu'il a fait à l'avocat... Chaque geste accompli sur ce corps est certainement important et signifie beaucoup pour le fou meurtrier qui fournit des symboles. Et les symboles sont des traces... »

Marchi use de sa voix pleine, comme à l'audience : « Les symboles ? Docteur Marini, qui a dit que l'assassin est un fou ? Vous avez une semaine pour rendre votre rapport, même si, rapide comme vous prétendez l'être, un jour vous suffit. Une semaine de réflexion. Si vous trouvez une signification aux choses – aux choses réelles, notez bien –, mettez tout en ordre et présentez-le-moi. Rien ne doit sortir d'ici et tout devra converger vers cette pièce. Et je ne veux plus entendre parler de symboles, n'oubliez pas. Je hais les symboles. Les symboles nous trompent. Quant à la momie, j'ordonne qu'elle reste à la disposition de la justice. Souvenez-vous : ici on parle de faits et de crimes. Enfin... »

À présent il parle pour lui seul, en se tenant le front, ses grands sourcils baissés lui masquent les yeux : « ... enfin, les archives... l'image du juge Marchi ne doit pas être remise en cause, l'image de la justice... sur le papier je veux voir la vérité et la vérité n'a besoin que de quelques mots... Ici, au contraire, s'abat une grêle de faits qu'il faut arrêter, car ils compliquent la vérité. »

Elisio et Belasco reculent vers la porte que le commandant referme délicatement comme s'il refermait celle d'une chambre où dort un malade au sommeil léger.

La visière de sa casquette est trop courte, et l'adjudant Testa est ébloui par la blancheur de la maison en ruine sur le môle. Le tissu, choisi par les couturiers de l'armée piémontaise pour d'autres climats, est trop gros, et le militaire transpire et boit continuellement l'eau tiède de sa gourde.

« Du lin ? Un morceau de lin ? »

Même Belasco transpire.

« Oui, commandant. Il était accroché à un clou dans la maison sur le môle.

— Fais voir. »

Un morceau de lin à losanges de couleur.

Le commandant Belasco le replie et le glisse dans sa poche.

« Bravo, Testa, si tu veux, tu peux aller te baigner. Tu ne le sais pas, mais ceci, d'après ce médecin tout en os et en cheveux, pourrait être rien moins que le déguisement de la peur. »

Efisio Marini a raison : Belasco ne plie pas facilement et tend à la rigidité. On peut en dire autant de sa pensée, qui avance dans une seule et unique direction. Mais il est efficace, il n'est pas vaniteux et veille à tout, comme le veut le juge Marchi. Et, souffrant que la piste ne soit pas droite, lui aussi plie, se courbe et ne se laisse pas distraire.

Le morceau de tissu est une trace, mais nul ne sait où mène la piste qu'il révèle.

Testa s'est déshabillé et nage comme un bienheureux.

« Non, non, commandant. Mon père Giovanni ne s'occupait que d'affaires d'où le danger, même le mieux dissimulé, était complètement absent. Il ne faisait confiance à personne... mais cela ne lui a servi à rien. J'ai contrôlé des dizaines de dossiers, depuis 1842.

Voilà, cette année-là, il a défendu une femme tunisienne arrivée ici de Djerba pour vendre des tissus, c'est ce qui est écrit dans les actes. Elle était mariée avec un paysan de sa région qui ne la reconnaissait plus comme sa femme, voulait la répudier et réclamait sa fille. Père était l'avocat de la mère tunisienne. Le mari s'était adressé à un avocat de Tunis, voici les lettres des avocats... Avec les années, elles se sont espacées...

— Pourquoi me dites-vous cela, mademoiselle Giacinta ? »

Giacinta a mal à la tête : « Parce que l'affaire n'a jamais eu de conclusion... De là une menace pour mon père a pu surgir ; de là... La seule affaire inachevée. De temps en temps, il reprenait le dossier et le parcourait depuis le début... Il s'assombrissait... Lisez donc, on comprend beaucoup de choses grâce à ces documents... Moi, ils me font mal. De là provenait une menace : il disait que la haine entre époux est parmi les plus puissantes. »

Belasco n'a que faire de la haine entre mari et femme. Il calcule : « 1842. Il y a vingt ans. Et pourquoi le Tunisien voulait-il répudier sa femme ?

— Voici le dossier. Il y a des centaines de feuillets. Regardez bien les dates, commandant. Notre stagiaire l'a examiné du début à la fin. C'est l'avocat Mauro Mamùsa, un homme de confiance, presque un associé pour mon père. À présent le cabinet est tout entier entre ses mains et je ne devrais plus l'appeler stagiaire.

— Mademoiselle Giacinta, vous avez parlé d'une fille.

— Tout est dans les actes. C'est le juge Marchi qui présidait aux débats, il était encore bien jeune. »
Belasco, toujours debout, jette un coup d'œil à la chemise cartonnée, signe le reçu, baise la main de Giacinta Làconi – si chaude, il ne s'y attendait pas – et s'en va.

Mauro Mamùsa entre, ferme les rideaux, examine les quatre pièces du cabinet et la salle d'attente : il n'y a personne. Giacinta sent un frisson parcourir son dos et se transformer en courant d'air dans sa tête, un air qui la fait transpirer et contre lequel elle ne peut rien. Un râle, puis la transformation. Il a la position et aussi la couleur d'un crabe, dont les pinces saisissent Giacinta. Il l'oblige à rester debout, la tourne, repousse sa tête vers le bas et, avec un grognement, soulève sa jupe, la tire et lui arrache ses dentelles, puis il la fait mettre à genoux. Elle aussi se transforme, c'est le sang qui circule partout plus vite et déforme ses traits. Maintenant son visage est boursouflé, il semble malade, mais ce n'est plus de la sécheresse. Il soupire, soupire puis, avec un autre grognement qui signale la fin, la repousse, branlante et profanée, sur un fauteuil où elle s'endort, en sueur, les jambes à l'air, comme si elle avait respiré du chloroforme. Lui, le crabe mâle, se reboutonne et va jusqu'au bureau d'où il fixe Giacinta endormie.

Dans le cabinet flotte une odeur sauvage que l'avocat Làconi avait parfois sentie sans comprendre de quelle bête il s'agissait.

7

Salvatore Marini a la régularité rassurante d'un objet géométrique à large base. Il a quatre ans de plus qu'Efisio, mais les deux frères ont grandi d'une façon si divergente que, dès l'enfance, ils étaient curieux de leurs différences respectives – y compris physiques – et que chacun manifestait de l'intérêt pour l'autre et en avait besoin. C'est pourquoi ils recherchaient leur présence mutuelle.

Comme son père Girolamo, Salvatore garde son crayon sur l'oreille et il est vêtu de noir même l'été. Enfermé avec son frère dans l'entrepôt familial sur le port, il écoute Efisio, décoiffé, chiffonné, les yeux révulsés, les bras levés, hurler : « Ça a marché ! Ça a marché ! Tout a commencé avec cette foulque parfaitement intacte et absolument morte que j'ai trouvée dans la tourbe il y a presque dix ans ! Tu te souviens ? À présent l'avocat est de nouveau parmi nous et semble l'un des nôtres, plus dur que nous, plus résistant que nous. Ça a marché ! Ça a marché ! »

Efisio a pris les rapides et il sent les courants violents.

« Je l'ai préservé pour aussi longtemps que dure la pierre ! Il faut que tu viennes le voir ! Où sont donc tous les beaux esprits de cette ville gouvernée par les rats ? Où puis-je trouver ceux qui se moquent du momificateur ? Ils en mouilleront leurs pantalons de peur quand ils verront Giovanni Làconi les regarder à travers ses paupières entrouvertes... Les regarder depuis l'autre côté ! Allons-y, Salvatore, je veux que tu le voies tout de suite et, si lui aussi nous voit, il éprouvera de la gratitude pour celui qui a transformé un repas pour les mouches en un vrai homme, même de pierre ! Le temps s'est cassé les dents sur le corps de Giovanni ! »

Salvatore prend le crayon sur son oreille et suit jusqu'à la calèche Efisio qui marche devant lui en sautillant. Ils font toute la route au trot, en transpirant et sans parler. Quand ils arrivent, Salvatore sort un peigne de sa poche et le donne à son frère : « Préparons-nous. Nous allons voir un mort, qui peut-être nous voit lui aussi. »

La pièce est plongée dans le noir. Efisio ouvre les persiennes et la lumière s'abat sur le corps blanc et velu de l'avocat, nu, les mains croisées sur la poitrine et la tête légèrement tournée sur le côté.

La lumière.

Salvatore, qui n'est guère familiarisé avec la mort – chez les Marini, on ne disait jamais « il est mort », on utilisait les expressions « il nous a quittés », « il a rendu l'âme », « il n'est plus » – remercie toute cette clarté qui lui semble l'opposé, même physique, de ce qui se trouve devant lui. Pour lui, l'avocat Làconi est toujours pareil et il voudrait s'enfuir, reprendre son crayon et remplir des feuilles et des feuilles de comptes jusqu'à l'heure du dîner.

Efisio le pousse vers son œuvre et lui fait toucher une épaule de la statue : « Désormais l'ordre minéral absolu a remplacé la matière trop, bien trop imprévisible dont nous sommes faits ! Et en moi s'est répandue, s'est dilatée une tranquillité qui m'étourdit et que je ne puis pas même exprimer... Je ne dois pas te le dire, je ne dois même pas le penser... mais je me sens parfait, Salvatore. Invulnérable. Il peut m'arriver n'importe quoi, je sens la terre qui tourne, j'ai atteint l'équilibre naturel ! Je ne sens plus l'éternité, je ne sens plus son joug sur mon échine, je ne vois plus ni châtiment ni douleur... »

Salvatore regarde l'avocat, si blanc qu'il lui paraît mort de pâleur, puis va à la fenêtre et respire longuement. Il respire, écoute son cœur, palpe son estomac, contrôle ses cinq sens, chaque partie de lui.

« Qu'as-tu fait, Efisio ? »

La peur longe lentement le mur du ghetto. Elle observe un coucher de soleil dépourvu de rouge. Une lumière sans fin effraie tous les habitants de la ville, et les gens sortent des maisons pour parler de ce soleil qui à cette heure ne devrait plus être là, de cette lumière qui ne s'épuise pas.

La peur observe toute chose, surtout les visages effrayés, et continue sa route.

Elle arrive rue du Parvis. Les fenêtres de Tea Làconi côté nord – celles qui donnent sur les fortifications – sont entrebâillées et attendent un peu de fraîcheur. Le portail est entrouvert.

Elle jette un regard autour d'elle, tous lèvent la tête

vers le soleil du nord. Aujourd'hui on l'a même aperçu au sud, ce qui a sûrement une signification, mais personne ne comprend.

8

Ils la voient voler lentement depuis la galerie qui donne sur les fortifications. La jupe ouverte tel un parapluie, Tea heurte d'abord un contrefort, puis reprend son vol pendant encore vingt mètres, jusqu'à la montée en terre battue qui entoure la tombe de San Genesio.

« Elle est morte sur le coup ! » hurle un chœur d'enfants à l'allure rapiécée qui font du bruit sous les hauts murs et, criant et sautant comme pour un nouveau jeu, rejoignent Tea Làconi tombée en vrac, disent les enfants, parmi les buissons secs et les ordures jetées des hautes maisons.

De la gendarmerie de Castello arrivent quatre hommes, ils chassent les gamins débraillés et retiennent les deux témoins adultes qui hurlent, privés du courage nécessaire pour regarder la mort : « On l'a vue là-haut, suspendue à la rambarde, on l'a vue ! Elle est restée comme ça un moment... Elle n'a pas résisté et elle est tombée, on aurait dit un parapluie... la petite mesquine, peut-être qu'elle avait changé d'avis et qu'elle ne voulait plus se jeter... C'est la femme de l'avocat Làconi. »

Tea est couchée sur le ventre, les bras en croix, ses bas noirs de veuve découverts, sa robe noire déchirée ; les yeux ouverts, la tête reposant sur une joue et la bouche grande ouverte. Personne n'a entendu le moindre cri tandis qu'elle tombait et tous jurent qu'elle s'est écrasée lentement.

Saverio, le plus jeune des gendarmes, ressent une forte nausée et pense à son village de la plaine : là-bas, tous meurent quand leur tour est venu, sans heurts, se dit-il. Et il pense aussi que cette femme, qui semble bonne et docile, n'a même pas répandu une goutte de sang, alors que tout est certainement brisé à l'intérieur. Un vol de cinquante mètres.

« Le médecin qui guérit les morts ! » crie un gamin fuligineux.

Efisio Marini l'entend et ne sait s'il s'agit d'un de ces traits d'esprit dont ses concitoyens sont coutumiers ou d'une forme nouvelle de respect ; quoi qu'il en soit, cela lui est égal et il s'approche du cadavre démantibulé de Tea. Qui sait pourquoi – peut-être comme antidote à tant d'effroi –, il pense à Matilde, la plus belle en ce miroir, et à la lumière qui traverse les ailes de son chapeau.

Il est venu parce que Giacinta Làconi le lui a demandé. Elle a dit qu'elle aurait moins mal auprès de sa mère s'il était là.

Il s'assied sur une pierre, fixe longuement Tea, s'arrête sur ses mains, puis regarde les fenêtres de la maison Làconi et cherche celle, ouverte, d'où elle a pris son envol.

Le soleil s'est finalement changé en soleil du crépuscule et, dans le ciel, un long nuage aux rebords dorés semble vraiment un nuage de deuil.

9

« Cette histoire ne me regarde pas ! Je n'ai rien à voir avec cette face de pet d'avocat, un misérable qui ne prenait ni café ni glace ni savarin pour ne rien payer... Il était de ceux qui vivent avec une balance, il pesait même ses soupirs ! Commandant Belasco, ne me demandez rien sur l'avocat Làconi... »

Perseo Marciàlis est un homme imposant, vêtu de blanc, aux cheveux roux ondulés qui poussent bas sur le front.

« Je n'ai pas un seul bon souvenir. Il avait une haleine de moribond et refusait les pastilles de menthe ! Avec cette voix d'agonisant... »

Marciàlis fait le commerce de tout ce qui arrive au port. Belasco ressent pour lui une vive antipathie car il passe sa matinée sur un banc, sans bureau, sans encrier, ni feuille ni secrétaire, à faire tourner ses affaires, et le soir il paresse au café. Il est incontrôlable, car son travail est fait de mots, de coups d'œil et de poignées de main : des manières orientales. Et à Belasco, tout cela ne fait pas l'effet d'un travail. Il sait que l'homme fréquente une femme moitié berbère qui, dit-on, le rend fou – dans le sens où il a perdu toute dignité pour elle – et on entend le bruit de leurs rencontres depuis la rue. Mais peut-être est-ce de la médisance.

Marciàlis continue à lisser doucement ses boucles rousses, sans les écraser : « Mais je suis désolé pour sa femme, c'était une brave dame, Tea Làconi. Je la connaissais parce que c'était une cliente. Et, puisque vous me le demandez, la fille et la mère de l'avocat aussi, je les connais, et je me suis fait mon idée. »

Belasco est debout – il est toujours debout quand il est en service –, bien droit : « Belle maison, monsieur Marciàlis.

— D'ici aussi je peux surveiller le port, commandant. Avez-vous déjà dîné ?

— Oui, merci. »

Perseo agite une clochette et une vieille femme entre avec un plateau.

« De la soupe de poisson et une belle rascasse bouillie. Il y en a pour deux. Et du rosé de Provence qui m'arrive de Nice, buvez-en un petit verre, il n'est pas comme le vin fort d'ici, il n'assomme pas.

— Merci, on m'attend. Une question, monsieur Marciàlis, et je m'en vais. »

Belasco sort de sa poche le morceau de lin avec les losanges : « Que pouvez-vous me dire de ce tissu ? »

Les boucles de Marciàlis flottent : « C'est une chose que je vends, commandant. C'est ce que vous voulez savoir ? À qui j'ai vendu ce tissu ? J'en ai vendu à la moitié de la ville. Cette visite prend une tournure qui ne me plaît pas. Si vous avez l'intention de m'interroger, convoquez-moi et je viendrai au Tribunal royal, avec tous les tissus que vous voudrez. »

Le commandant n'apprécie pas le ton du commerçant, il hausse la voix : « Demain matin au Tribunal royal, neuf heures, voici la convocation. »

Perseo émet un long soupir : « Je détestais l'avocat Làconi, vous pouvez l'écrire dès maintenant. Il a presque failli me ruiner... Mes affaires, il les considérait comme du trafic... avec des pirates... les mêmes pirates, disait-il dans ses plaidoiries au Tribunal royal, qui venaient prendre des esclaves dans nos villages il y a encore cinquante ans. Mais ces gens, commandant, sont comme vous et moi, et je travaille avec eux depuis trente ans... Du trafic, disait-il ! Et avec un ton d'inquisiteur de mes pieds ! Et sa fille, cette traînée qui travaillait avec lui ? Oh, celle-là ! Savez-vous ce que je vous dis ? Donna Michela a quatre-vingt-douze ans et elle les tient tous dans sa main, parce que la tête de cette femme fonctionne mieux qu'une comptabilité en partie double : les idées y entrent et en sortent bien huilées, souvenez-vous-en. »

Belasco est déjà sur le seuil de la porte : « Demain matin au Tribunal royal, à neuf heures. Et prenez avec vous les registres de vos *trafics*, si vous en avez. »

Marciàlis, assis devant sa soupe de poisson, lui répond : « De toute façon, ce tissu vient de Bizerte, j'en ai deux autres rouleaux rue de Barcelone, si les rats ne les ont pas mangés. C'est un tissu à trois sous. Quelle belle soirée ! Je serai au Tribunal royal à neuf heures, commandant. »

Belasco s'en va.

Perseo garde la tête baissée quelques instants, puis appelle : « Marcellina, le vin ! Il ne s'imagine pas me faire peur, cette espèce de piquet ? Il restait debout pour voir comment je réagirais au nom de la famille Làconi ! Demain chez le juge Marchi ! Et je devrais avoir peur d'un vieux qui s'asperge les chaussures quand il pisse ? Giacinta... elle est toujours en vie, cette maudite femelle ! Et donna Michela aussi ! »

Marcellina est vieille, petite et vive : « Perseo, mange ta soupe et ne bois pas l'estomac vide. »

Mais Perseo a déjà bu et ses boucles enflent sur sa tête : « Tais-toi, bouche d'égout ! Et donne-moi papier et stylo, tôt demain matin tu porteras cette lettre au capitaine Luxòro. Son bateau part à dix heures. »

Marcellina fait ce qu'on lui dit et ne bougonne pas. Elle ne se fatigue jamais et répète les mêmes gestes depuis qu'elle est arrivée, jeune, d'un village de l'étang près de la ville, car sa famille avait été décimée par la malaria.

Chaque soir, après le dîner, depuis longtemps, elle doit frapper trois coups à la porte de l'appartement du dessus.

Aussitôt en sort Maria He 'Ftha, la chatte infernale – c'est ainsi que l'appellent les fainéants assis sur les bancs – à l'origine de tous les trafics, des affaires et même de l'énergie de Perseo Marciàlis.

Maria est née dans la ville, fille d'une Berbère de Djerba, disait-on. Des Arabes elle a pris la peau translucide qui, avec le noir de ses yeux, a décuplé les forces du quadragénaire Perseo. Quand la Berbère s'était retrouvée enceinte, son mari n'était pas là, il n'était même jamais venu à la ville. Mais peu de gens se souviennent de cela.

La jeune femme entre dans la chambre. Il a allumé toutes les lumières et sa peau à elle – on dit qu'elle ne connaît pas le remords – émet un rayon qui chaque fois éblouit Perseo, lequel a décidé, à cause de cette lumière, d'offrir la maison à Maria pour qu'elle y demeure enfermée et n'apparaisse qu'à lui.

Giacinta est à nouveau sur le divan, toute défaite, hors d'elle-même et hébétée après un sommeil aussi agité que les faits qui l'ont précédé. Un sommeil bref et plein de douleurs. Quand il est sur elle, il l'écrase, elle ne respire pas et il la réduit à une position si crue qu'il semble ensuite que seule cette partie-là de Giacinta existe.

Mamùsa attend qu'elle se réveille. Assis au bureau, il fixe ses hanches en désordre, ouvertes et exposées comme si elles étaient l'essence de Giacinta.

« Ai-je dormi longtemps ?

— Non. Rhabille-toi et reste assise.

— Je respire mal.

— Ça passera. Tout rentrera dans l'ordre. »

10

Un beau rayon de soleil éclaire l'unique cheveu du chevalier Fois Caraffa et suit un trajet si complexe qu'en retrouver l'origine, le point où il commence à pousser, est impossible. Les employés du théâtre racontent que le cheveu résiste au vent, qu'il est aussi tortueux qu'un chemin muletier et qu'il durera si longtemps qu'il lui survivra, conservé au fond d'une boîte dorée dans les loges du théâtre, pour porter chance aux chanteurs qui montent sur scène.

Que de chaînes et d'anneaux porte le chevalier !

« Docteur Marini, Tea Làconi est morte, comme tout le monde le sait, comme l'a écrit la *Gazette*, comme peut se l'imaginer n'importe qui : après trente ans de mariage, elle n'a pas tenu sans Giovanni...

— Trente-trois, chevalier Fois Caraffa, l'âge de la fille.

— Après trente-trois ans de mariage, on a tué son mari et elle a décidé de le suivre. La mort du compagnon de toute une vie, de chaque jour, chaque matin, chaque déjeuner et chaque dîner, chaque nuit où il lui a tenu compagnie, est comme une amputation.

— Ne parlons pas d'amputation, chevalier. Pauvre Tea, un vol si court... Appelée par la terre.. la terre qui nous attire... »

Fois Caraffa, qui se souvient en le voyant de plats copieux, de vin et surtout de viande, ne veut pas entendre ce rappel à la terre et change de sujet : « Chaque mois de juillet, l'avocat Làconi faisait un don au théâtre pour la saison de septembre. L'année dernière, c'est lui qui a subventionné les soirées patriotiques pour la prise d'Ancône et l'annexion de Naples au Royaume. Un homme silencieux, gris, mais seulement en apparence... Il ne venait même pas apporter les chèques, il ne voulait pas de remerciements. Il envoyait un stagiaire de son cabinet, un certain Mamùsa, que tout le monde reconnaît de loin, ici au théâtre.

— Pourquoi ?

— Ma foi, il a quelque chose de sauvage... Vous savez, il vient de l'arrière-pays. Quoi qu'il en soit, l'avocat avait déjà payé Pietro Rachel pour une nouvelle pièce. C'était vraiment quelqu'un sur qui le théâtre pouvait compter... alors que l'argent est rare dans cette ville. La saison passée, nous avions annoncé vingt représentations et nous n'en avons donné que douze, vous comprenez ? Cette année, le nouveau spectacle a été un fiasco et les recettes misérables. Votre père en sait quelque chose, lui et les autres incorruptibles de la direction cherchent de l'argent partout, mais... »

Les yeux ronds de Fois Caraffa brillent. Lui aussi a quelque chose de sauvage, pense Efisio, et il se l'imagine mangeant de la viande crue.

« Chevalier, comme vous l'a annoncé mon père, je suis venu vous poser une question. »

Fois Caraffa fait la moue et se penche au-dessus du bureau qui grince : « Allez-y, docteur Marini. Votre père est très lié au théâtre et le théâtre lui doit beaucoup. »

Efisio se penche lui aussi en avant : « Vous êtes en droit de penser que cette affaire ne me regarde pas, mais ce qu'il reste de la famille Làconi, c'est-à-dire Giacinta, comme vous le savez, m'a confié la conservation du père et de la mère, qui reposeront, si l'on peut dire, dans leur chapelle, sans être sujets à aucune transformation.

— Momifiés. Je sais, je sais. »

Il fait chaud. Fois Caraffa se lève, ouvre la fenêtre et se verse du sirop d'orgeat qu'Efisio refuse.

« Chevalier, je sais exactement combien l'avocat donnait au théâtre municipal. C'était une somme importante, vous savez à quel point. Mais je dois vous poser une question : saviez-vous que l'avocat avait légué une partie de ses biens à l'administration du théâtre en échange de la jouissance d'une loge pour les descendants des Làconi ? Le notaire Dettori a lu le testament aujourd'hui à neuf heures. »

Fois Caraffa se tient l'abdomen à deux mains. Trop de bagues pour un homme.

« Vous me demandez si j'étais au courant pour le testament ?

— Exactement.

— Vous le demandez au chevalier Fois Caraffa, directeur du théâtre municipal ? Et de quel droit le demandez-vous ? »

Efisio agite sa carcasse et sa mèche : « Je n'ai pas besoin de droit pour poser la question. Quel droit faudrait-il avoir selon vous ? Giacinta Làconi aurait-elle ce droit ? Quelqu'un, investi de quelque autorité, finira bien par vous la poser, cette question. Ce n'est pas une question qui touche votre intimité, me semble-t-il. Étiez-vous ou n'étiez-vous pas au courant de l'héritage laissé au théâtre ? »

Le chevalier a chaud, il finit son sirop d'orgeat, se sèche le front et retire sa veste. Mais il ne s'assied pas et se dirige vers la porte en disant : « Je savais que vous ne ressembliez pas à votre père, docteur Marini, on me l'avait dit. Le sens de la mesure ne s'acquiert pas avec les années : soit on l'a, soit on finit toujours par exagérer. Vous manquez de mesure, peut-être parce que vous êtes encore trop jeune... Ah, un conseil : agitez moins votre index, ce doigt éloigne les gens, à moins que quelqu'un, plutôt que de s'éloigner, décide de rester et de vous le faire baisser. » Efisio pense à son père Girolamo, qui a fait de l'opéra et du théâtre municipal le centre de sa vieillesse, et parvient à se retenir – tant de phrases lui viennent. Il se lève et sort de la pièce en regardant les dix doigts et les quatre bagues de Fois Caraffa.

« Merci, chevalier, j'y réfléchirai. Cela étant, que chacun s'occupe de ses propres doigts. »

À ce moment-là, la chaleur, l'humidité et la sueur l'emportent sur la force du cheveu de Fois Caraffa qui se défait, suit le long chemin à rebours et se cabre.

Efisio quitte le théâtre par la petite porte qui donne sur la place Brondo – que jamais ne baigne le soleil – et manque de heurter Lia Melis.

Petite, le teint olivâtre sous son grand panache, Lia Melis est la voix la mieux payée du théâtre, hormis les divas qui viennent du continent. Elle connaît Girolamo Marini et ses fils depuis qu'Efisio est un enfant aux allures de lutin. Elle a dix ans de plus que lui.

« Efisio ! Je suis au courant ! C'est extraordinaire ! Dès ton plus jeune âge, je l'ai dit à ton père, que cet échalas tout en os avait une tête. Et tu y es arrivé ! Tout le monde en parle ! Toi, tu as arrêté la mort. »

Efisio ne sait pas résister aux compliments sincères, il se sent aussitôt sur un podium et plus haut encore.

Cette faiblesse, il se la pardonne facilement et même ne la considère pas comme une faiblesse.

« Oui, Lia... Si tu veux voir mes statues humaines, tu n'as qu'à demander. Peut-être est-ce un peu tôt. On sent encore quelque chose autour de ces deux corps. Ce doit être la puissance d'une mort violente, peut-être est-ce quelque chose qui appartient à Giovanni et Tea Làconi, quelque chose qui ne se décide pas à s'en aller, je ne sais pas. Ils sont comme outragés. Mais ça passera.

— Écoute, Efisio. Cela fait des jours que j'y pense. Je voudrais te parler, j'ai confiance en tes capacités. Quand je chantais chez vous, ton père, Girolamo, te faisait asseoir près du piano, et tu écoutais, écoutais... Je m'en souviens...

— Je suis à mon cabinet dix heures par jour. C'est là que tu peux me trouver.

— À présent je vais chez le maestro Manetti, il est nouveau... Je travaille, je répète et puis... Et puis... Depuis quelque temps, j'ignore pourquoi, je n'ai plus goût à la musique, au chant, à l'exercice. Parfois je ne veux même pas me servir de ma voix pour parler... De la salle où je répète, tous les jours je vois la mer, qui me fait l'effet d'un étang, et l'étang celui d'une flaque malodorante. »

Elle fait une pause musicale.

« Je pense toujours à la même chose ! Je pense qu'il ne restera rien... car ma voix ne tient dans l'air qu'aussi longtemps que je m'en sers... Pas la moindre trace ! Mais que vaut un art qui s'évanouit ainsi ? Alors je recherche ailleurs la tranquillité... je t'en parlerai... Je recherche autre chose. Mais toi, tu as fait le contraire de ce que je fais et tu m'as comblée de bonheur... enfin quelque chose qui dure ! De la pierre : c'est bien autre chose que la voix... Efisio, depuis que tu as réussi ce petit miracle, pour moi aussi tout va mieux. »

Qu'arrive-t-il aux femmes de cette ville ? se demande-t-il. À présent Lia sèche une larme avec son mouchoir. Efisio regarde le sol.

« Viens quand tu veux, Lia. Ne t'inquiète pas, c'est juste un peu de mélancolie, c'est normal. Ça passera, ça passera. »

La rue Saint-Joseph est proche du théâtre. Peu après, Efisio frappe à la porte des Frères des écoles chrétiennes.

Il veut parler au père Venanzio De Melas, son professeur au lycée, que les autres religieux appellent malicieusement et depuis longtemps déjà « le trépassant ». En effet, il ne fait pas tout à fait partie des vivants, même s'il a conservé de ces derniers quelques fonctions, à sa façon incertaine et fluctuante, de sorte que le vieux se retrouve tantôt de ce côté-ci, tantôt dans l'au-delà, mais revient toujours. Le père Venanzio vit dans son lit et la lumière le traverse comme s'il était d'opaline, faisant des ombres chinoises avec ce que son corps contient. Efisio sait que depuis des années son corps distille le sang et que seules quelques gouttes arrivent au cerveau, qui s'est ménagé une certaine autonomie végétative par rapport au reste et vit loin des autres organes plus vulgaires. Et maintenant que la lumière est entrée dans la cellule, l'élève voit l'ombre du cerveau qui flotte et délire dans la fragile boîte crânienne.

« Je suis Efisio Marini... E-fi-sio... E-fi-sio... Père Venanzio, vous m'entendez ? »

Il lui soulève les paupières et les iris blanchis de Venanzio le fixent. La voix n'est ni masculine ni féminine, c'est à nouveau une voix blanche : « Le coup d'œil mortel, Efisio, Ampurias n'est désormais que poussière... la mémoire... alors tu polissais ton talent jour après jour... Efisio, toi qui es à moitié mon fils, parle-moi... je veux entendre ce que tu es devenu. Quel âge as-tu ?

— Vingt-six, presque vingt-sept ans. Étiez-vous en train de rêver ?

— Je crois que oui. Mais cela ne veut rien dire, même les idiots rêvent. »

Efisio s'assied sur le bord du lit, il remplit un verre d'eau et, de temps en temps, baigne les lèvres et le front de Venanzio.

« Je veux vous raconter une histoire. Voulez-vous m'écouter ? »

Le Frère des écoles chrétiennes ouvre les yeux et Efisio considère que c'est un oui.

Il lui raconte les derniers événements et aussi son triomphe sur la mort mais, devant le vieux, il ne le nomme ni triomphe ni victoire.

À la fin, Venanzio ferme les yeux, transpire et tremble, signe que la distillation est en cours et que son alambic intérieur bout.

Un silence absolu s'installe, comme quand Efisio était étudiant, la même odeur et les mêmes murmures des murs et des livres du couvent qui lui faisaient croire – mais il n'en a jamais été convaincu – que son esprit pourrait, ne serait-ce qu'un instant, échapper à la matière. Sur l'étagère de la cellule, il y a aussi une bouteille de malvoisie qu'on fait renifler de temps à autre à Venanzio pour le stimuler, ainsi que des exemplaires de la *Gazette*.

De la tête fatiguée du vieux lui arrivent les mots : « Le bras, c'est l'action... la mesure de toute chose... répète, Efisio : *cubitus*, et souviens-toi...

— *Cubitus* ? Coude, bras et aussi mesure... Une unité de mesure, c'est vrai. Père Venanzio, on mesurait en coudées, tout était mesuré en coudées, en cubitus. Le bras est une mesure.

— Le cou fait communiquer l'âme avec le corps... Regarde-moi bien. Vois-tu que l'âme est dans la tête, et que tout vient du bas ? »

Le cerveau du vieux pâlit et sa bouche égrène une

liste qu'Efisio au début ne comprend pas, puis tout s'éclaire :

« *Anciòva, servìola, òrgunus, gròffi, agùglia, bìffulu, palàia, sabbòga, cordìga, palomìda, sàrigu, ròmbulu, laccìola, merlàno, canìna, lùpu, sàlixi, arrocàli, sèrvulu, sùccara, bòga, bàcca, latarìna, muxòni* et *zingòrra*, et toutes les autres espèces. »

C'est une liste de poissons. Que veut lui dire Venanzio ? Est-ce seulement la tête qui a renoncé ? Il craint que oui. Mais comment donc se meuvent les idées du vieux et qu'est-ce qui les meut ? Et d'ailleurs, qui sait si ce sont vraiment des idées ?

Venanzio se rendort, sa transparence s'éteint et Efisio ferme la fenêtre et les volets de la cellule.

En sortant, il l'entend qui piaille : « Par la mer, Efisio, comme les poissons qui vont et viennent entre les deux rives. »

11

La vieille maison des Marini s'immobilise toujours à la même heure, les animaux dans la cour semblent, eux aussi, hypnotisés. Le cheval dort à l'ombre de l'acacia, attaché à la calèche et, à l'ombre du cheval, dorment deux chats mangeurs de souris.

C'est là une des règles au respect desquelles veille Girolamo, le père d'Efisio, tout comme sa femme Fedela et leurs filles à marier encore à la maison.

Girolamo a défendu la jurisprudence familiale, établi règles et lois qu'Efisio, et lui seul, enfreignait non par malice, mais par un excès de force qui était admis à titre d'exception.

Muette, Fedela a soutenu cette constitution, même

quand personne ne comprenait l'utilité de ses décrets constants, modestes et monotones.

Aujourd'hui, le poisson frit est cause de somnolence après le déjeuner et fait taire les idées dans toutes les têtes.

Dans le bureau, Girolamo Marini, Efisio et Salvatore fument les cigares amers que le père fait venir de Malte.

« Enfin, père, si Efisio pose des questions, cela signifie qu'il veut savoir et comprendre... et vouloir comprendre n'est pas une faute. La momification de l'avocat et de sa femme, les malheureux, a été un succès, un chef-d'œuvre : tu devrais les voir ! En première page de la *Gazette* ! Ce sont eux, ce sont toujours eux, ils sont morts dignement grâce à Efisio. Que Giacinta lui fasse confiance n'est pas étonnant, il a en quelque sorte sauvé ses parents et elle peut leur parler comme avant. Elle va les voir chaque jour et murmure on ne sait quoi à l'un et à l'autre. »

Efisio observe la fumée grasse de son cigare : « Père, tu la connais, Giacinta Làconi. Cette femme prolonge le silence de son père, elle fait tout en silence. Et, en silence aussi, elle se pose des questions. Un tiers de l'héritage du père ira au théâtre... »

Girolamo déboutonne son gilet et allonge les jambes : « D'accord, et selon toi, pour le faire venir plus vite, cet héritage, quelqu'un du théâtre tue l'avocat... Efisio, Efisio... »

— Il n'a pas été tué, je te l'ai dit. Il est mort de peur.

— ... l'étrangle, lui coupe un bras et lui défonce la tête. Mon fils, fais-le pour la famille ! Tu veux momifier ? Momifie ! Pour toi c'est une façon de réfléchir, une philosophie... Mais oublie tout le reste, oublie-le. Je viendrai voir ces chefs-d'œuvre, les deux morts pétrifiés. Pauvre Tea ! Ils ne veulent même pas l'enterrer au cimetière, ce fanatique de don Lèpori dit que c'est un suicide. »

La mèche d'Efisio est maintenue en place par une épingle à cheveux que sa mère Fedela lui a mise pendant le repas. Il la retire et dit : « Père, écoute, je n'en ai parlé avec personne d'autre que Salvatore... »

Girolamo éteint son cigare et chantonne : *Sans même m'essouffler, je serai ici pétrifié, chaque syllabe à compter.*

— ... Tea Làconi a été poussée par la fenêtre. »

Girolamo se lève, ouvre le secrétaire et se verse deux doigts de cognac – chose que personne dans cette maison ne lui a jamais vu faire en été – et deux autres encore. Il sait, il en est certain, que son fils s'apprête à lui exposer le mode opératoire en le découpant en fines tranches qu'il remettra en ordre après les avoir examinées une à une. Il en a toujours été ainsi, mais à présent il n'y a plus ni fouet ni punition pour lui. Il y a cependant de la peur, que Girolamo sent, car il en reconnaît l'odeur et la voit tourner autour de son fils. « J'ai compris, Efisio. Et toi, Salvatore, tu t'y mets aussi. Du reste, c'est sans doute ma faute. *Les chiens ne font pas des chats...* » Il désigne son fils aîné : « Ta place est dans les bureaux du port, Salvatore.

— Père, toi tu as tes airs d'opéra préférés que tu ressors en permanence et qui t'aident à vivre mieux. Moi, j'ai mon travail et j'y suis bien, mais Efisio cherche autre chose et... »

Un peu à cause de l'alcool, un peu parce que c'est un irascible – flegmatique seulement quand les choses suivent le cours qu'il a choisi – et un peu parce que d'un seul coup il prend conscience et a peur de cette histoire d'assassinats, Girolamo élève la voix : « Je ne sortirai plus de cette maison tellement j'ai honte. Je cesserai d'aller aux réunions des bienfaiteurs du théâtre, je ne vous parlerai plus, je ne penserai plus à ces morts. Je veux seulement savoir pourquoi Tea Làconi, dont tout le monde, juges, carabiniers et prêtres, pense qu'elle s'est suicidée, a au contraire été tuée, d'après toi, assassinée, tuée ! Parle, Efisio ! »

Efisio se lève, lui n'est pas alourdi par les rougets frits, et il marche de long en large sur le tapis.

« Avant de mourir, Tea Làconi a été contrainte de suivre un parcours, comme ceux qu'on pousse sur l'échafaud. Avec Giacinta et l'avocat Mamùsa, celui qui a remplacé Giovanni Làconi, j'ai reconstruit ce parcours. Un bref chemin de douleur. Patiente et résignée, même morte : son cadavre s'est aussitôt laissé recomposer, sans faire de scandale, c'est ce qu'elle voulait, sans déchirements. Je l'ai pétrifiée, je ne l'ai même pas incisée : il était inutile d'ouvrir. Le bain de sels l'a transformée en quelques heures en un minéral ordonné, pas si différent de ce qu'elle était de son vivant, peut-être parce qu'elle était pauvre, très pauvre en eau. Mais elle a laissé deux traces avant son envol, deux traces très discrètes, comme elle. »

Il s'arrête devant son père : « Père, Tea Làconi est restée longtemps accrochée à la balustrade avant de chuter et il y a les marques de ses ongles dans le bois, aussi profondes que les coups de griffes d'une bête sauvage, car elle l'avait trouvée, la force... »

Girolamo est nerveux – sans doute le cognac : « Elle a peut-être changé d'avis au dernier moment. Ça doit bien arriver aux suicidaires ! Qu'est-ce donc que ce raisonnement ? »

Salvatore pose une main sur son épaule, rallume son cigare et Efisio poursuit : « Non, père, Tea ne voulait pas se jeter dans le vide.

— Tea n'avait pas l'intention de se jeter ? Tu crois que je suis une midinette des bas quartiers, de celles qui croient tout ? *C'est vrai que je suis mûr, mais fort bien conservé*, souviens-t'en. Je suis étourdi, mais pas saoul. »

Mais Girolamo sait que son fils a donné un ordre minéral même aux faits.

« Quelqu'un l'a poussée, puis lui a fait lâcher la balustrade d'un coup de couteau sur les mains, sur les doigts, le médius et l'annulaire de la main gauche. Une lame pointue et affilée. Il y a des blessures, il y a des phalanges fracturées et il y a un détail que le commandant Belasco – belle voix – n'a pas remarqué : sur le bois aussi, près des tristes griffures laissées par Tea, il y a la marque de la pointe du couteau qui a traversé les osselets des doigts. Mais c'est si banal, évident, éclatant, père ! »

Girolamo s'est rendu et il a fermé les yeux : « Y a-t-il autre chose ?

— J'ai parlé avec le père Venanzio. Et l'affaire se complique.

— Venanzio est vieux, Efisio, plus que mûr ! Et excuse-moi, on dit qu'il est un peu dans le brouillard... enfin, qu'il est devenu gâteux !

— Les signes et les symboles, père, et les choses ! Celui qui a effrayé l'avocat à mort a laissé trois signes. Le bras amputé : finis, le pouvoir et la capacité à prendre la mesure des choses. Il mesurait chaque acte humain avec les lois ? On l'a privé du moyen de mesurer la réalité ! La marque du lacet sur son cou ? Cette âme a été séparée du corps, la tête d'un côté et le reste de l'autre. Si l'homme avait eu une hache, il l'aurait décapité, mais il s'est contenté de la marque noire laissée par le lacet. Et le front défoncé ? Un affront à l'âme qui réside dans la tête.

— Belle reconstruction : un beau château édifié sur des nuages blancs... Tu as toujours aimé les nuages, Efisio, enfant tu passais des heures à observer la forme des nuages, dit Girolamo en frottant ses paupières fatiguées.

— Et enfin la mer, père. De cela, je ne suis pas sûr :

la voie de la mer. Peut-être y a-t-il aussi une signification dans le choix du lieu. Le pasteur tue au pâturage avec un fusil, le paysan avec une serpe, en ville les assassins utilisent un pistolet.

— Mais tu as dit que c'est la peur qui l'a tué.

— Je parle du cadre, de la scène. La mer près du môle. Tout en part et tout y arrive. Il pouvait le faire mourir de peur à la chasse. Mais il a choisi la mer. Il l'a laissé là, le regard tourné vers l'eau, et peut-être voulait-il jeter le bras dans les vagues, mais il est tombé dans la barque d'un pêcheur qui a bien failli mourir de peur lui aussi. Je me suis renseigné. Ce Zonza, le pêcheur, s'éloigne beaucoup de la côte, une fois par semaine il va vers l'Afrique. Il a un canot et il sait le piloter, tout le monde le connaît, il dort dans son bateau trois ou quatre jours. Il revient avec un tas de poissons de toutes espèces. Que dois-je aller chercher de l'autre côté de la mer ? Ici, père, mes idées sont confuses. Je dois seulement attendre, quelque chose viendra... »

Girolamo s'est endormi, trop de chaleur, trop de cognac.

Salvatore reprend le discours familial : « Demain, prends un jour de repos, Efisio... Carmina se plaint que tu vis parmi les cadavres, fais attention à ne pas garder leur odeur. Allez donc respirer le bon air. Les momies restent où elles sont, à la disposition du juge Marchi qui doit y réfléchir. Prends ta femme et tes enfants et va-t'en au soleil, tu as une couleur d'olive saumurée. »

Quand Efisio ouvre la fenêtre de la chambre à coucher, il contemple un ciel haut et un seul nuage long et mince. Aujourd'hui la ville est comme une cité volante, et le vent nouveau a emporté au loin les effluves et soulevé collines et maisons. Le golfe brille et émet une lueur bleu pâle. Carmina dort encore, il lui relève les cheveux, lui découvre la nuque et la lui pince doucement.

« Efisio, partons-nous vraiment au bord de la mer ? J'ai des boulettes de viande toutes prêtes et on prendra aussi du pain et des fruits en route.

— Oui, bien sûr. J'irai ramasser des cailloux sur le promontoire et je resterai un peu en haut de la tour. Tu n'as qu'à jouer avec les enfants, puis on mangera quelque chose. »

À dix heures, ils sont debout au pied d'une dune, à l'ombre d'un pin nain.

Vittore se rendort et Rosa, tout en sueur, joue avec le sable blanc.

Carmina lit, elle n'a jamais abandonné ses lectures de lycéenne et chaque fois elle change, se transforme, se coiffe comme l'héroïne du livre, emprunte ses mots, soupire et pleure. Être admise dans le grand laboratoire à ciel ouvert de son mari a balayé, mais seulement pour un jour, l'éloignement et la jalousie à l'égard de sa vie. Partager avec Efisio le périmètre sensible qui englobe la plage, le promontoire et l'étang fait naître en elle une douce tiédeur sentimentale.

Efisio met son chapeau de paille et entame la montée, qui est chaque fois une ascension mystique.

Du promontoire, sur lequel est tombé l'ange au cours d'une bataille avec les diables, part une bande de sable très longue où l'ange épuisé s'est endormi. Les roseaux adolescents séparent les dunes de l'immense étang. Pour Efisio, cette séparation entre la pureté de la mer et la putréfaction de l'étang n'est pas symbolique, et son idée de la pétrification des corps est partie de là.

La tour blanche est le point le plus haut. Un faucon, templier de la tour, la défend et vole en cercles. De là-haut, Efisio essaie de distinguer Carminetta, Vìttore et Rosa sous le pin de la plage.

« La route voie de la mer ! Il y a une voie qui arrive par la mer jusqu'à l'avocat Làconi et que je ne vois pas... Mais Venanzio me le disait : Attends, attends et les idées s'ordonnent d'elles-mêmes, si tu as des idées... »

Il s'allonge à l'ombre d'un rocher. Le vent est frais comme une âme satisfaite, Efisio ferme les yeux et ses dernières pensées sont aspirées par le sommeil.

Il se réveille d'un coup et, malgré la paix qui a rempli le ciel – ou peut-être à cause d'elle, car il a toujours peur de la perdre quand elle est là –, il éprouve une sorte de malaise, son corps qui échappe à tout contrôle, un frein à ses propres actions, sa pensée qui s'appauvrit sous l'effet de ce qui ressemble vraiment, sans qu'il comprenne pourquoi, à de la peur.

12

« Matilde ! »

Matilde Mausèli tient un petit paquet de safran à la main, comme on tient un papillon par les ailes, et marche sur la pointe des pieds. Elle remonte à l'ombre des acacias vers sa maison, au fort de Sainte-Croix, et le tic-tac de ses pas de danseuse sur le pavé fait sortir d'une cave quelqu'un qui la regarde, et quelqu'un d'autre qui l'épie de derrière les jalousies.

Elle se tourne. C'est Giacinta Làconi qui l'appelle : « Matilde, je t'accompagne. »

Il y a quelque chose de nouveau sur le visage de Giacinta. La sécheresse a disparu, mais à présent il semble contenir trop d'eau, une eau malsaine, car elle a le regard d'une femme piquée par un anophèle, les joues pleines et les lèvres grises.

« J'ai eu la fièvre pendant trois jours, Matilde, de grandes sueurs. Grand-mère était inquiète pour moi.

— Mais elle n'est pas sortie de chez elle pour venir te voir, n'est-ce pas ? Portes closes. Cette vieille ne mourra jamais, Giacinta, car rien n'entre dans sa maison. Les moustiques ne la piquent pas et, surtout, rien de déplaisant ne la pique.

— Ce n'est pas vrai ! Elle a souffert pour mon père, c'était son fils. C'est moi, peut-être, qui n'ai pas souffert comme je devais. Et grand-mère m'aime bien, Efisio Marini aussi, elle l'aime bien. Elle dit qu'il a sauvé Giovanni, rends-toi compte, elle dit vraiment qu'il l'a sauvé. »

Giacinta s'arrête, regarde la peau d'étrangère de son amie. Elle pense à son père mort de peur et à sa mère, qu'elle imagine en plein vol : « Matilde... j'ai peur. »

Son amie la prend par la main et la traîne dans la montée : « Bien sûr que tu as peur... mais ils te surveillent, tu es protégée. Protégée, tu comprends ?

— Je n'ai pas peur qu'on me tue. J'ai peur d'être folle... je suis heureuse et je ne le suis pas... je ne sens pas la douleur, ce n'est pas normal ! Mais quelqu'un me provoque une autre souffrance. Comme si chaque fois je venais au monde... il me voit morte et ne veut pas m'aider... mon corps non plus, après il s'y refuse et dort pour ne plus y penser. Et pourtant, il m'arrive d'y penser même quand je dors. »

Matilde glisse le safran dans son sac et la prend par le bras. : « Ton père et ta mère sont morts, et tu es amoureuse, Giacinta... tu ne parviens pas à assembler tout ce qui se passe dans ta tête, c'est trop. Parles-en avec ta grand-mère, parles-en avec moi, si tu veux. Mais c'est ainsi. La douleur te rappelle l'infini. Prends soin de toi, tu n'es pas comme Michela, tu ne t'économises pas. »
Elles s'arrêtent et Matilde l'observe avec attention. Elle a vraiment le visage d'une folle.
« Grand-mère Michela. Tu as raison, Matilde. Elle ne laisse rien l'atteindre. Rien ne pénètre chez elle, ni la poussière ni rien d'autre. Si je lui raconte l'histoire de cet amour qui recourt à la force, qui me brise chaque fois sans me protéger... si je lui dis que pour lui je pourrais aussi bien être morte, elle croira que je suis folle et m'enverra chez un docteur. À présent elle est satisfaite, car papa a été pétrifié et la pierre lui plaît plus que la chair, elle dure plus longtemps, il n'y a pas besoin de la nourrir. »
Matilde s'immobilise dans l'ombre et sa peau brille, là où parvient quelque rayon de lumière qui a traversé le feuillage. Le corps, tout est dans le corps : elle touche son cou et cherche son pouls.
Giacinta ne prête pas attention à cette mesure de la vie : « J'ai vu père et mère pétrifiés... mère semble de nacre... et je suis contente que personne n'ait cloué les planches de leurs cercueils... pour moi, ils ne sont pas encore morts pour de vrai, tu sais ? Peut-être est-

ce pour cela que je ne ressens pas de douleur. Je suis désolée parce qu'ils ne répondent pas, ils ne bougent pas, ne voient pas... mais on dirait que leur existence est juste suspendue. Juste une paralysie, voilà, une paralysie. »

Elles reprennent l'ascension en silence. La peau de Giacinta a pris une nuance rosée, et soudain elle dit : « Matilde, quelque part dans cette ville, j'ai une sœur que je ne connais pas. Son père est mon père, mais sa mère n'est pas ma mère. Que dois-je faire ? »

Matilde s'arrête d'un coup : « Une sœur ? Tu as une sœur ? »

En entrant dans le bureau de l'avocat Làconi, Matilde sent – mais elle ne le dit pas à Giacinta – une odeur de bête sauvage.

Elles s'asseyent au bureau de Giovanni Làconi.

« Tu vois, Matilde ? Depuis dix-huit ans, le 20 de chaque mois, père glissait une enveloppe avec de l'argent dans une boîte aux lettres. Dans ce petit carnet, il inscrivait le montant et la date. Il était dans ce coffre, ici dans le bureau.

— À qui le versait-il ?

— À une Tunisienne de Djerba qui était venue en ville il y a vingt ans, avec un groupe de compatriotes, pour vendre des tissus. Elle s'appelle Hana Meir. Elle a donné naissance à Maria He 'Ftha, et le père de

Maria est mon père. Il n'a jamais cessé de l'aider, jamais... »

Le bureau est frais et l'avocat Mamùsa n'est pas là, il a une audience au Parquet. Avec une silencieuse prudence, il a repris en main toutes les affaires de Giovanni Làconi. Lui aussi a toujours un sac noir serré sous l'aisselle et lui aussi entre dans le prétoire comme un chrétien entre dans une église, regardant le siège du juge comme si c'était le maître-autel. Quand le magistrat parle, il fixe le sol et semble attristé par tous les péchés de la terre. Il ignore que Matilde Mausèli et Giacinta Làconi sont derrière le bureau du défunt et taquinent les faits qui, de cette façon, risquent de se mettre en mouvement.

« Et comment sais-tu que cette Maria est ta sœur ? Tu as trouvé des lettres de ton père ?

— Il n'était pas homme à écrire des lettres, lui. Tout est dans les actes du procès.

— Du procès ?

— Hana Meir avait épousé un paysan de chez elle... Il l'a répudiée, mais voulait garder l'enfant. Il voulait garder Maria, qui a pris son nom, He 'Ftha. En somme, c'est une affaire encore pendante. Père voulait la faire traîner jusqu'à épuisement... il avait raison.

— Tu as une sœur et elle s'appelle Maria He 'Ftha... tu as une sœur, répète Matilde, et pourquoi ne porte-t-elle pas votre nom ?

— Maman et grand-mère ne l'auraient jamais permis.

Au début, le procès a fait un peu de bruit, puis personne n'en a plus parlé. Mon père faisait les choses en silence.

— Et la Tunisienne ?

— Hana Meir vit dans un sous-sol du quartier du port. Elle a sa maison et continuera à recevoir chaque mois l'argent que père lui envoyait pour la petite.

— Et la petite ?

— La petite a maintenant vingt ans. »

Mauro Mamùsa dégage quelque chose d'empoisonné, mais cela ne se sent pas toujours. Sa peau claire lui vient de ses grands-parents, des bergers vêtus de peaux de bêtes qui fuyaient le soleil car il les humiliait et leur faisait cligner les yeux. Ainsi cette mimique est-elle lentement entrée dans les gènes au fil des générations. C'est pourquoi Mamùsa a le visage humilié d'un berger. Efisio serre une main qui semble blanchie à l'acide, et pense aussitôt à ses sels pétrifiants et à ses courts voyages vers l'au-delà, courts car il n'est pas parvenu plus loin.

« Docteur Marini, Giacinta Làconi a émis le souhait que vous soyez mis au courant de tout...

— Vous parlez d'elle comme d'une défunte, avocat : ce ne sont pas ses dernières volontés.

— Elle veut que vous sachiez ce que nous avons appris concernant l'existence d'une sœur. »

Sur ce *nous*, Mamùsa a mis un accent tel qu'Efisio comprend combien Giacinta et l'avocat sont devenus un *nous*.

« Ce que Giacinta a décidé est certainement juste, êtes-vous d'accord ?

— Oui. »

Mamùsa énonce les faits tristement alignés sur une feuille.

Efisio se souvient que Maria He 'Ftha était venue déjeuner une fois chez les Marini avec Perseo Marciàlis pour discuter céréales et navires avec Girolamo. Elle était restée muette tout le temps, elle avait seulement répondu aux questions que lui posait Perseo et avait regardé alternativement son assiette et Perseo. Efisio avait été séduit par tout ce silence, alors que les vagues rousses des cheveux de Marciàlis l'avaient agacé.

« Cette fille a vingt ans, docteur Marini. Les lois la protègent.

— Pas seulement les lois. C'est la sœur cadette de Giacinta, un souvenir vivant de son père Giovanni qui menait une double vie, c'est vrai, mais elle avait sa vie elle aussi. Les critiques et les commérages sont dignes des égouts, avocat. »

Tandis que Mamùsa et Efisio discutent, lentement arrive du sud un amas de nuages africains, mélancoliques et fatals, qui recouvrent la ville haute, assombrissent la ville basse et donnent au golfe une couleur de boue. Soudain, une pluie chaude et jaune salit toute chose. Un souffle qui n'a rien de naturel fait transpirer chacun, dans la rue et chez soi.

Efisio transpire lui aussi, il sent ses paupières alourdies de sommeil et les idées qui se déposent dans son cerveau se mouillent et deviennent collantes.

Le commandant Belasco vient de se mettre à la fenêtre pour observer, comme tout le monde, ces nuages bas et malades qui se sont immobilisés sur la ville. C'est un homme qui va droit devant lui, il fait attention à tout et ne se laisse pas distraire : il pense au morceau de tissu à losanges et aussi à cette affaire que l'avocat Làconi n'a jamais classée, il pense qu'il n'a que ces deux pistes et il pense que c'est bien peu.

« Votre honneur, même si les avocats protestent et qu'ils ont peur, ça ne change rien aux faits. Ce docteur Marini... »

Marchi l'interrompt : « Auquel nous ne pouvons faire couper cet index qu'il agite sans retenue...

— ... ce docteur Marini, monsieur le juge, a dit, écrit et signé la vérité. Làconi est mort de peur, puis on lui a fait tout le reste. Sa femme Tea, elle, a été poussée, les marques de couteau sont bien là et resteront longtemps après qu'il les a pétrifiés. Vous ne trouverez personne en ville qui ne soit au courant des observations du momificateur et tout le monde demande à voir les morts de pierre. La *Gazette* en parle chaque jour. Même l'avocat Basilio Penna, ce dépravé, joue les censeurs des mœurs actuelles et affirme que si on commence à tuer les hommes de loi, des temps barbares s'annoncent. Votre honneur, nous devons interroger Marciàlis par tous les moyens. Ce n'est pas un hasard si ce morceau de tissu était dans la maison abandonnée sur le môle et ce n'est pas un hasard si cette femme à moitié berbère est la fille de l'avocat Làconi. »

Marciàlis est assis dans le vestibule, il attend. Lui aussi a vu les nuages noirs recouvrir la ville et dissimuler le port tandis qu'il montait vers le Tribunal royal. À présent, il est là, la tête entre les mains, et il s'efforce de ne penser qu'à Maria He 'Ftha qui l'a serré dans ses bras avant qu'il ne sorte.

« Regarde ces nuages ! Ils n'ont pas l'air vrais ! C'est le Seigneur qui les a envoyés ici ! »

Dans la salle de répétition du théâtre, Lia Melis ferme la porte-fenêtre car ce vent chaud a fait naître chez elle un sentiment de peur que les vitres, croit-elle, pourraient arrêter. Elle fixe le golfe couleur mercure qui ne fait qu'un avec l'horizon.

« Vincenzo, l'avocat avait de la jugeote. »

Le chevalier Fois Caraffa admire ses bagues : « L'héritage de Làconi est assuré. Ce n'est peut-être pas pain bénit, mais tant que je serai vivant il servira, c'est certain.

— Tant que tu seras vivant ?

— Oui, j'ai été nommé administrateur. »

Il ne cesse de regarder ses bagues qui pourtant ne brillent pas en l'absence du soleil, et la lumière grise de la journée rend également plus triste son unique cheveu tortueux.

« Cette année on y arrivera, Lia. Et tu auras un rôle dans chaque opéra, peut-être même quelques rôles principaux. La voix...

— La voix, je l'ai. Mais je suis fatiguée, Vincenzo... il ne manquait plus que ce ciel... je suis triste, je me réveille triste, je n'ai pas envie de me réveiller... et la nuit, je n'arrive pas à m'endormir...

— Tout cela parce que tu es seule. Quand on est seul, c'est plus dur. »

Le chevalier s'approche, lui caresse le duvet du bras – Lia est une femme sarrasine, velue – et lui fait l'effet d'un taon qui s'y serait posé. C'est ainsi depuis de longues années. De temps en temps, Fois Caraffa a un retour de désir pour Lia, une tendresse épisodique, car cette peau, bien plus jeune que la sienne, a une couleur, une odeur, un goût et une énergie qui le vaccinent contre toutes les mauvaises pensées de ses cinquante-huit ans, et effacent, pour un temps au moins, la puanteur de l'âge cachée sous les couches d'eau de Cologne.

« Laisse-moi, Vincenzo. Cette pluie jaune...

— C'est seulement un peu de sable du désert.

— Réfléchis... il traverse toute la mer, puis tombe ici. Cela veut bien dire quelque chose.

— Écoute, Lia. Je t'ai vue discuter avec Efisio Marini.

C'est lui qui t'a transmis cette tristesse, ce ne sont pas les nuages. Lui et ses momies de pierre... Il ne s'occupe pas seulement des morts, non. Il se mêle aussi des choses vivantes. Il est venu ici, il a posé des questions sur l'avocat Làconi et a ironisé sur mes bagues.

— Non. Efisio n'y est pour rien. C'est qu'il m'est si difficile de comprendre ce que j'éprouve quand je te regarde. »

13

La colline basse et aigre de Sant'Avendrace ne porte pas d'arbres, seulement des buissons et des agaves rendus amers par le vent. Les tombes creusées dans la pierre sont devenues la demeure d'une race à part dont personne ne parle, maigre et édentée, qui donne peu d'enfants, lesquels suffoquent dans leur morve, ne grandissent jamais parce que le soleil n'entre pas dans les sépulcres, et meurent soudainement dans un souffle. Ceux qui ne meurent pas grandissent en suçant ce qu'ils trouvent, et ce troupeau d'êtres fluets – qui, le matin, sortent épuisés de la tombe et y retournent au crépuscule – vont en ville, sans un sourire et sans une larme, ramasser des restes dont même les mouettes ne veulent pas.

Ce matin, Mintonio – Mintonio et c'est tout, car il n'y a pas d'état civil pour ceux de la colline – sort tardivement de sa grotte et, alors qu'il répand un pipi pauvre sur l'herbe sèche, s'étonne de ce brouillard de juin : « D'autres maladies arrivent. »

Depuis quelques jours, le gris propre à son espèce a disparu de sa face et les mâchoires tendent moins la peau. De l'eau, il n'y en a pas, sur la colline, et Mintonio se coiffe, nettoie ses yeux chassieux et s'apprête avec les doigts.

Aujourd'hui, il y a quelque chose de nouveau dans sa journée. Avec un couteau, il nettoie le noir de ses ongles, s'enfonce dans le brouillard, sorte de nuage bas, et prend le sentier vers Stampaccio où le marchand de dents, Cappai, doit lui faire essayer un des dentiers coupants qu'il vend à ceux qui peuvent les acheter.

Ainsi les gencives désertes de Mintonio deviendront-elles comme celles des marquis de Castello qui mastiquent de la viande. Le bien-être arrive dans sa tombe et il sourit, lèvres repliées vers l'intérieur, tel un vieux qui ne boit que du bouillon.

Il arrive dans la rue principale de Stampaccio, commence à croiser quelques personnes de la ville, remarque que tout le monde observe sa chemise à losanges déchirée et décide qu'avant le dentier il a besoin d'une chemise neuve, d'un pantalon et de chaussures. Il s'arrête donc chez Sanguinetti, qui vend des vêtements mal coupés aux paysans de la plaine, et prend une taille plus grande. Mintonio a les bras si longs qu'ils semblent deux jambes supplémentaires, et la chemise lui est courte aux poignets. Puis il frappe au portail du marchand de dents et attend qu'on l'appelle.

Une heure après, Cappai fouille sa bouche dépeuplée. « Et voilà, dit-il après lui avoir fait essayer cinq dentiers. Celui-ci ne bougera pas, il est blanc comme un lys et solide comme le granit.

— Il est lourd, je dois garder la bouche ouverte.

— Tu t'y habitueras en moins de deux heures. Tu verras quand tu mangeras, peu importe le poids ! Tu peux casser des coquilles de moules, avec ça ! »

Belasco use de sa belle voix raffinée : « Voyez-vous, Marciàlis, il n'y a ici ni chapon ni soupe de poisson. Nous avons seulement du pain noir et de la carne dure qui flotte dans son bouillon. Des puces, nous avons les reines des puces. Et les salines ! Tu ne sais pas encore ce que signifie porter un chargement de sel sous le soleil. On brûle comme une torche et on voit tout blanc après une journée à transporter du sel. On ne dort pas, on frit ! »

Les vagues rousses s'agitent sur la tête de Marciàlis. Pourquoi Belasco le tutoie-t-il ? Pourquoi l'ont-ils mis dans une cellule avec des barreaux ? Pourquoi le ciel est-il si sombre aujourd'hui ? Il veut Maria.

« Commandant Belasco, posez-moi les questions que vous devez me poser. Moi, la soupe, le poisson, la viande et le vin, je les gagne. »

L'adjudant Testa lève la main et du revers gifle Marciàlis sur la bouche, qui aussitôt gonfle et saigne. Jamais on ne l'avait insulté comme ça, jamais.

Le Tribunal royal fonctionne ainsi : un représentant du roi, gros ou maigre mais toujours nerveux, car l'île irrite et assombrit, ordonne sévérité et tortures. Les habitants – peu nombreux et tous fascinés par le changement permanent des vents et des occupants – sont contents quand l'un d'eux finit dans la tour de la prison. S'il y est, c'est qu'il y a une raison, disent-ils.

C'est pourquoi Marciàlis est seul, sans amis et terrifié.

« Pourquoi m'avez-vous frappé, mon adjudant ? demande-t-il, les yeux brillants, prêt à pleurer.

— Humilié pour si peu ? Testa, montrez-lui le fouet. » Le fouet est une tresse de nerfs peinte en noir avec de la poix et terminée par cinq cordelettes au bout desquelles se trouvent cinq sphères de plomb.

Le premier coup de fouet surprend Perseo Marciàlis. Mais c'est un sentiment plus complexe que la surprise : il est en colère, pleure sans vergogne et éprouve une douleur incessante et de plus en plus forte.

Belasco est aussi tendu qu'il peut l'être : « Écoute, Marciàlis, comme ça, ça ne va pas. Réponds aux questions, ça ira plus vite. Tu t'épargneras le sel sur les blessures et peut-être que tu n'auras même pas à aller le chercher dans le marais, ce sel. »

Perseo sanglote doucement et pense à tout ce qui lui manque : Maria, le port, les dîners à la fraîche, Maria surtout.

« Tu dois seulement répondre à quelques questions, puis tu rentreras chez toi... tu verras que tu oublieras cet endroit, tout le monde s'efforce de l'oublier. À présent, cesse de pleurer. Je veux savoir à qui tu as vendu le tissu à losanges. »

Perseo renifle, ses vagues rouges sont devenues un buisson rouge : « Je vous l'ai déjà dit... pourquoi, pourquoi ne me croyez-vous pas ? Ce n'est pas moi qui le vends, mais j'ai demandé à Gustavo, mon employé. Il en a vendu quelques mètres à un des cavernicoles de la colline de Sant'Avendrace...

— Mais ces gens-là portent les loques que leur donnent les églises de Stampaccio.

— Il a payé. Peut-être celui-ci met-il de côté ce qu'on lui donne.

— Comment s'appelle-t-il ?

— L'employé ne le savait pas. De toute façon, ils ne doivent pas être bien nombreux à porter une chemise à losanges, c'est un tissu que personne n'achète. »

Belasco approche son visage de celui effrayé de Marciàlis : « Ta femme est la fille d'une femme de Tunis.

— De Djerba.

— Et l'avocat Làconi s'est battu pendant des années, au tribunal, pour que la Tunisie ne la récupère pas.

— Maria He 'Ftha est ma femme !

— Ce n'est pas ta femme. Tu veux l'épouser ?

— Oui, elle n'a que vingt ans. À vingt et un, je l'épouse. »

Efisio monte d'un pas léger, il grimpe devant elle et l'aide de temps en temps.

« Ce qui se passe dans le ciel, je le sais bien, Matilde. C'est seulement la pression de l'air. Comme pour le sang : s'il y en a trop, alors une saignée remet les choses en place. Du ciel tombe une poussière d'Afrique. Deux villes qui se reflètent depuis deux rives opposées peuvent s'échanger une poignée de terre grâce au vent et aux nuages. »

Matilde n'est pas à l'aise dans les pantalons qu'elle a mis pour aller à dos de mulet jusqu'à la plage de l'Ange avec Efisio. C'est elle qui le lui a demandé au café, car elle veut avoir des fossiles pour apprendre à réfléchir comme lui. Dans ces pantalons longs, elle se sent plus fragile.

La mèche d'Efisio et les pantalons de Matilde les affaiblissent tous les deux, mais c'est surtout cette seconde omission qui affaiblit l'un et l'autre. Aller en secret jusqu'aux dunes. Encore le péché d'omission, aucune pénitence et aucun repentir.

« Nous devons grimper encore un peu. Les fossiles sont plus aisés à trouver là où le promontoire a dessiné un arc de selle. S'il pleut, c'est encore mieux. »

La fatigue fait bouillir les idées, elle les propulse d'un point à l'autre du cerveau. Le vent du sud favorise le désordre, la confusion.

Ils arrivent au sommet et voient qu'au sud l'horizon s'est éclairci. Ces nuages passent en vitesse.

« Matilde, ici nous pourrions nous aussi être conservés et on nous retrouverait intacts.

— Tu es toujours venu ici seul en pensant à la façon de conserver les morts ? C'est ainsi qu'on doit voir le monde depuis une montgolfière. »

Efisio est déraisonnablement satisfait et observe chaque détail chez Matilde. Plus il l'observe et plus il est satisfait. Il n'a jamais été aussi libre de la regarder.

« Le père Venanzio m'a dressé une longue liste de poissons : *anciòva, servìola, òrgunus, agùglia, sùccara, latarìna* ... J'ai pensé que c'était un effet de la vieillesse. Mais il n'est pas facile à comprendre, il a toujours parlé par symboles, ou bien il nous mettait un indice sous le nez – une idée, un mot – et on devait le saisir, sinon on finissait chez un autre enseignant. À présent, regarde en bas, Matilde.

— Où ?

— Au sud, regarde la mer. Ici tout est toujours arrivé par la mer, les bonnes et les mauvaises nouvelles, les marchandises et les coups de canon. La mer décide de tout. Une liste de poissons. Que signifie-t-elle ? Je suis allé au marché des remparts, à l'aube. Ils venaient d'apporter les poissons et il y avait tous ceux dont je me souvenais dans la liste de Venanzio. J'ai réfléchi et j'ai juste compris que c'est une liste de choses qui permettent de vivre et sans lesquelles la ville ne serait pas là et nous non plus, ou bien nous serions comme ces bergers qui mangent seulement de la viande et du fromage et n'ont jamais mis un pied dans la mer. »

Matilde fait face au vent, toute cette altitude l'étourdit et il lui semble que si elle écartait les bras et se laissait tomber en avant, elle ne dégringolerait pas depuis l'arête, mais resterait suspendue en l'air.

De l'herbe arrive le bruit répétitif des insectes.

Matilde ferme les yeux et aspire autant d'air qu'elle peut.

« Tiens Efisio, c'est pour ta mèche. »

Elle lui donne un petit paquet. Il l'ouvre et en sort une épingle à cheveux en or. Les yeux encore fermés, Matilde lui dit : « Lis ce que j'y ai fait graver. »

Efisio a la loupe avec laquelle il regarde les fossiles : « *Plus loin que le front.* » Il sourit : « Je sais, je sais que tu me comprends... »

Il distingue très bien ses iris orange.

L'omission est bien plus qu'un oubli. C'est une exclusion, une rupture et il en résulte un manque, une zone muette. Ce n'est pas encore un mensonge. Quand Matilde lui met l'épingle à cheveux, c'est à cela qu'il pense. Il doit simplement ne jamais en parler, jamais.

« Voyez-vous, commandant, on me paye rarement un dentier de cette façon, pas même les riches de Castello, ce sont même eux qui font le plus d'histoires. Celui-là ne savait pas ce qu'était l'argent et il s'en servait comme on échange des coquillages. Il puait comme un mort, mais il avait de quoi me payer. Peut-être qu'il avait gagné à la loterie de San Gemiliano, je ne sais pas... En général, ceux de la colline ne volent pas : ils n'ont même pas la force de le faire. Je les vois passer chaque jour ici sur le boulevard et je le sais. Ce Mintonio avait le ventre plein, de cochonneries peut-être, mais il avait mangé. »

Dans la maison de Michela Làconi, la pénombre règne, fraîche et sans odeur.
« Donna Michela, pardonnez l'heure, mais j'ai eu envie de vous parler pour mettre un peu d'ordre dans mes idées comme je le fais avec mes fossiles. »
La vieille est enfoncée dans son fauteuil, assise comme une poupée : « Efisio Marini, il est onze heures et je mange toujours à cette heure-ci. »
Il la regarde : « Que mangez-vous ?
— Des courgettes. Tous les jours des courgettes.
— Comment les cuisinez-vous ?
— De la façon la plus saine que je connaisse, sans huile qui dégouline, comme tout le monde le fait dans cette ville de goinfres. L'eau du puits et les courgettes entières à bouillir. Dedans il y a tout ce qu'il me faut. Les courgettes conservent... oh, pas aussi bien que tes sels. À propos, tes poudres m'ont fait du bien. Elles m'ont endurcie. Je t'en commanderai un peu, juste un

peu, tout est question de mesure. Regarde mes mains, je tremble moins depuis le jour où j'ai bu ta potion.

— Ce n'est pas une potion. Pendant que vous mangez, je voudrais vous parler du mandat que j'ai reçu de votre famille. »

Tandis que la vieille coupe les courgettes en rondelles puis les écrase jusqu'à en faire de la purée, Efisio dit : « Donc votre fils était le père de Maria He 'Ftha. »

Michela porte de minuscules bouchées à sa bouche : « Giovanni continue à entretenir cette fille. Il a laissé une rente à la mère, pas directement à la fille. Une rente ! Il a aussi laissé une rente au théâtre et qui sait à combien d'autres. Je n'étais pas d'accord. Toute économie est une économie de nous-mêmes, ce sont des années en plus, des jours, des heures, des minutes de vie en plus. »

Elle avale d'autres petites bouchées en silence : « Mais que veux-tu, tous les enfants font ce qui leur plaît et ils nous aiment bien moins que nous ne les aimons, nous qui les avons mis au monde... »

Efisio la regarde, toute concentrée sur sa nourriture. « C'est la nature, donna Michela. »

Elle continue à avaler rapidement : « Giovanni avec cette Maria... Toujours la même histoire... Maintenant elle prend l'argent et mène la vie qu'elle veut avec cette canaille de Perseo Marciàlis. Giovanni l'aimait bien.

— Mais quelqu'un ne l'aimait pas, lui, Giovanni, **je** veux dire. Perseo Marciàlis le détestait. Le chevalier

Fois Caraffa s'intéressait à l'argent pour le théâtre et c'est tout : sa peur était de le perdre, mais il savait pouvoir compter dessus après la mort de Giovanni car il connaissait le testament. Et cet avocat Mamùsa ? Qu'en pensez-vous, donna Michela ? »

La vieille finit ses courgettes. Elle baisse le menton, tire sa petite langue d'oiseau et s'endort, assise. Efisio attend. Après quelques minutes, Michela ouvre les yeux : « Mamùsa ? C'est un homme violent, Efisio, un homme silencieux et violent. Je ne sors pas de chez moi, mais j'ai compris que Giacinta, ma belle petite-fille, se laisse traiter comme une brebis par Mamùsa et peut-être qu'elle est contente ainsi. Un jour où il est venu ici, une odeur animale est restée dans la maison... j'ai dû ouvrir les fenêtres.

— Donna Michela, je n'ai pas de visions, contrairement aux saints...

— Tu es aussi maigre qu'un saint.

— ... mais je vois les faits et je les additionne. J'aime ça. Vous mettez les énergies à part et je place les idées à côté d'autres idées. Ça m'amuse et ça m'aide à vivre mieux, presque heureux pour un moment. »

L'effet des courgettes, qui commencent à être absorbées par les boyaux impeccables de Michela, se fait sentir : elle ferme à nouveau les yeux, sa mâchoire s'affaisse, elle tire sa petite langue et se plie en deux sur sa chaise, endormie.

C'est une des façons qu'a la vieille de s'économiser.

Efisio se dresse sur la pointe des pieds et sort de

nouveau à la lumière qui n'entre pas dans cette maison, car elle use les choses et les gens. Sur le chemin du retour, il s'assied sur un banc, à l'ombre d'un palmier, respire l'air qui a le parfum du port, ce parfum qui donne envie d'être ailleurs, et s'allume un petit cigare. La chaleur du désert passe sur la ville et la lézarde.

14

Belasco a enfermé deux hommes dans la tour blanche de la prison.

Perseo Marciàlis parce qu'il détestait Làconi et fait du trafic au port.

Mintonio parce qu'il avait une chemise à losanges comme le morceau de tissu retrouvé dans la maison de la jetée et parce qu'il a de l'argent, ce que ne peut avoir quelqu'un qui vit dans une tombe.

Mais le commandant n'a pas trouvé la chemise à losanges que Mintonio a jetée.

Pendant une semaine, chaque matin, Belasco va d'abord dans la cellule de Marciàlis, qui a maigri et a deux cercles bleu foncé autour des yeux ; puis dans celle de Mintonio, qui a grossi, utilise son dentier coupant pour manger la carne dure de la prison et marche à quatre pattes avec ses bras qui traînent jusque par terre.

La loi admet et parfois exige qu'on frappe les prisonniers, mais les coups n'apparaissent pas sur les documents, et ne restent que les mots qui, à la fin, sont toujours les mêmes.

C'est pourquoi Efisio Marini ne lit que des mots et ne voit ni colère ni sang sur les papiers que le juge Marchi lui a brusquement mis sous le nez.

« Docteur Marini », lui dit Marchi, avec l'air d'un juge qui a beaucoup appris de ses débuts, mais qui était déjà doué et s'est depuis perfectionné : « Vous avez bien compris. Nous voulons savoir s'il est possible qu'un homme démuni, un singe comme ce Mintonio, ait tué l'avocat.

— Votre honneur, je vous rappelle qu'on a brisé le cœur à Giovanni Làconi en l'effrayant. Tea a été assassinée, elle oui.

— Alors nous voulons savoir si Mintonio a pu effrayer l'avocat Làconi à mort et ensuite lui arracher le bras. Quant à donna Tea, peut-être qu'une moitié de ce Mintonio aurait suffi. Mais j'ai toujours un doute pour ce qui est de Giovanni Làconi, un doute raisonnable, je pense. Tuer n'est pas chose aisée. Et vous avez un autre point de vue sur les choses, bien différent du nôtre. Vous nous tiendrez au courant avec votre célérité habituelle. »

Ces mots, « avec votre célérité habituelle », font partie du répertoire ironique avec lequel les sceptiques de la ville commentent son travail de pétrificateur. Il décide alors, par esprit de contradiction, d'utiliser l'estrade qu'il transporte toujours avec lui, prête à servir : « Votre honneur, cette fois-ci également, ma célérité habituelle, qui ne nuirait pas à vos enquêtes, pourrait vous être utile. Mais j'aimerais vous demander, comme c'est une question qu'on m'a déjà posée, quel habit je dois revêtir, étant donné que les vôtres, que vous portiez la toge ou non, sont toujours ceux du juge, même quand vous allez vous coucher. »

Efisio est dressé sur sa petite estrade : « Les idées voyagent toutes à la même vitesse, votre honneur, le problème est d'en avoir ou pas. »

Marchi s'énerve et hausse un sourcil blanc : « Docteur Marini, dites ce que vous avez à dire.

— Votre honneur, si vous avez confiance en mes capacités » – un mot qu'il prononce en se redressant sur sa chaise –, « n'ironisez pas. J'y suis habitué, l'ignorez-vous ? Et répondre est plus fort que moi, je ne sais pas résister. Si au contraire vous souhaitez ma collaboration, alors la voie à suivre est simple : désignez-moi comme expert près le Tribunal royal et je tirerai suc et substance, s'il y a lieu, des dépouilles de Giovanni et Tea Làconi et des faits qui s'y nichent. »

Marchi n'est pas convaincu par cette histoire de célérité. Ses idées à lui sont lentes, lourdes et remplissent les entrepôts de son cerveau d'un bruit sourd et définitif. Elles n'ont rien de rapide, elles ne clignotent pas. Puis elles restent à leur place et ne bougent pas facilement, car elles ont une solidité de cathédrale de la Loi.

« Demain matin vous aurez le décret signé par le notaire Lastretti. »

Puis il a un sourire oblique : « Demain, pas dans une semaine. Avec célérité. »

Conseil municipal du 29 juin 1861.

Ordre du jour : recensement des flamants roses : 250 000 – Abattage de la population de l'étang de Bella Rosa – Pêche aux muges, écrevisses, tortues et palourdes de l'étang : estimation des ventes. Bilan de l'approvisionnement – Création du nouveau Cabinet de momification au sein de l'Université royale sous la direction du Dr Efisio Marini : proposition du conseiller Loriga.

Efisio attend dans l'antichambre de la chancellerie d'où il entend les voix des conseillers municipaux. Ce matin, il a reçu trois nouvelles demandes de pétrification. Il est onze heures et, après la pêche à la palourde, c'est la proposition de construire un nouveau laboratoire de momification au milieu des pins de la colline de Palabanda qui doit être discutée. Les conseillers sont moins loquaces et quelques-uns ont pâli en lisant la proposition que Loriga a fait circuler dans les travées. Le silence s'installe un moment, comme si chacun respirait longuement avant de commencer.

CONSEILLER MASTINO : « Donc, selon le conseiller Loriga, cette ville a vraiment besoin d'un atelier pour les cadavres, un endroit où l'on prive les morts de toute paix en les condamnant à s'imiter eux-mêmes au pire moment. Et tout cela coûterait à la communauté cinquante mille lires ! »

CONSEILLER MARTINEZ : « Je suis le doyen de cette assemblée, j'ai quatre-vingt-deux ans et je vis désormais avec un pressentiment que vous êtes tous en mesure d'imaginer. Je pense à mes petits-enfants. Pour moi, chers collègues, conservé ou non, ça ne change rien. »

CONSEILLER BOI : « Je suis partisan de la crémation. Les vivants ont besoin d'eau et d'éclairage au gaz. La ville a près de trente mille habitants. Il y a l'étang de Boasterra à assainir, la jetée du levant à agrandir... Je suis pour la crémation, je le répète. Je voterais une motion en faveur de la crémation. »

CONSEILLER SPANO : « Le projet du docteur Marini entraînerait une économie de bois noble, d'où plus de bon bois pour les bateaux. Des morts conservés et exposés, sans qu'il y ait besoin de cercueils, dans leur plus belle tenue, jamais enfermés, peut-être changeant de vêtements au gré des modes ! »

CONSEILLER MARTINEZ : « Ça ne change rien, ça ne change absolument rien, Spano. On peut bien changer costume, chemise et culotte aux morts, ça ne change rien. Tout cela ne fera pas mourir plus ni moins. Ça ne change rien. »

« C'est la séance la plus triste depuis celle d'il y a soixante-dix ans, quand les Français nous ont bombardés », écrit Titino Melis dans la *Gazette*. Et il note que ce n'est pas la faute du Dr Marini si Giovanni et Tea Làconi ont des reflets verts. Lui, Marini, les a trouvés de cette couleur et n'a pas pu les peindre, car ce n'est pas un escroc.

CONSEILLER LORIGA : « Donc, modération et nouveauté ne semblent pas être d'accord... »

Interruption : « Momifier vous semble une nouveauté, conseiller Loriga ? Et d'ailleurs, que vient faire ici la modération ? »

CONSEILLER LORIGA : « Tout le monde en ville est fasciné. L'esprit a besoin de réfléchir sur... »

Interruption : « Le vôtre en a besoin. Notre corps et notre esprit en souffrent. Nous avons parlé des flamants roses, des poissons, des palourdes et des tortues. Tout est réglé, maintenant il suffit, Loriga, il est presque l'heure du déjeuner. »

CONSEILLER LORIGA : « Nous sommes ici, comme dans un dialogue de Platon, comme dans une cité grecque, le long de la rive du fleuve Ilisso, pour discuter de l'âme et du corps ! L'affaire dépasse le cadre de ce conseil, les poissons et les tortues ! »

Interruption : « Nous sommes ici pour maintenir l'ordre dans les maisons et les rues. Et il n'y a pas de fleuve depuis des millénaires, faites donc un tour pour vérifier, Loriga. Il n'y a pas de fleuve, tout est sec. »

Interruption : « Ici on gère la ville. Laisse les morts en paix. »

Interruption : « Si quelqu'un veut se faire enterrer pétrifié, qu'il le fasse, ça ne nous concerne pas. »

CONSEILLER LORIGA : « Celui qui apporte de nouvelles connaissances apporte parfois de nouveaux soucis. À présent, un savoir définitif, mais qui demande un autre savoir, nous est offert par la science qui a arrêté la mort en faisant boire aux défunts un verre d'eau contenant des sels du fleuve Léthé... »

Interruption : « J'ai dit qu'il n'y a pas de fleuve chez nous, Loriga. Tu m'écoutes ou pas ? »

D'un seul coup, à midi, le conseil se dissout et tout le monde se lève. Le conseiller Loriga, offensé, ramasse les feuilles qu'on ne lui a pas permis de lire et reste à les examiner tandis que tous rentrent chez eux, car le repas est presque prêt. Moules, ail, persil, daurades et melons chassent ces pensées brumeuses, et les effluves circulent dans les rues pour former une seule odeur qui est un appel aux cinq sens et plus encore.
C'est une perte de temps prévue, voulue et espérée, une pause quotidienne qui immobilise jeunes et vieux. Même Efisio, qui se fait une idée gigantesque et terrible du temps, parvient à s'arracher à l'écoulement visqueux des minutes et, devant la nourriture, reste un peu ahuri.

Et les enfants ?
Vittore et Rosa grandissent dans l'ombre tiède de Carmina. Vittore lui ressemble. Efisio, à la fin de la journée, les trouve endormis et les voit presque toujours les yeux fermés. À la lueur d'une bougie, il observe leurs longs cils noirs qui tremblent quand ils rêvent. À quoi rêvent-ils, il ne saurait l'imaginer – certainement pas à lui – et il n'y pense pas bien longtemps, car après les avoir regardés pendant quelques minutes, il retourne au salon, parle avec Carmina, dîne, réfléchit surtout à son idée d'un au-delà de pierre. L'affection ne peut être différée, il le sait, elle a besoin

de gestes et d'actions, mais il est convaincu d'en dispenser suffisamment et d'avoir un futur indéterminé durant lequel il s'expliquera avec ses enfants qui comprendront qu'une idée fixe s'est emparée de leur père. Une idée si grande que Vìttore et Rosa ont dû attendre.

Et Carmina ?
Carmina et sa vision des choses. Élevée pour préserver et prolonger l'espèce, même au prix de beaucoup de douleur. C'est pourquoi elle exige de la considération et tourne le dos si on refuse la loi de la maison. Sauver les enfants de cette idée fixe d'Efisio.
Et dire que toute la chaleur qu'elle dégageait quand ils étaient jeunes, Efisio l'avait prise pour de l'amour !
Il pense à présent que c'était déjà une force en résonance avec Vìttore et Rosa, tous deux encore à naître.

15

Maria He 'Ftha est une hydre féminine et, pour Perseo, elle est le centre d'un zodiaque qui tourne autour de sa noire essence.

Les villes, celle du père, Giovanni, et celle de la mère, Hana Meir, se reflètent, séparées par la mer et réunies par la géométrie de la terre – une terre sacrée pour Maria – mais ils ne se sentent pas du même sang.

Maria a une bonne odeur de coriandre et maintient l'harmonie entre os, lignes et traits anguleux grâce à sa chair brune qui, a-t-on dit à Efisio, émet une inexplicable clarté née sous la peau ou plus profond encore.

« Excusez-moi, Maria He 'Ftha, je sais que vous êtes préoccupée à cause de Perseo Marciàlis, mais il faut que je comprenne. Tout le monde en bénéficiera.

— Efisio Marini, souvenez-vous que nous avons mangé à la même table, invités de votre père Girolamo et de votre mère Fedela.

— Je me souviens, et je me souviens aussi de la réserve que vous avez gardée, une chose bien différente du silence. Chez nous aussi, il y a des femmes comme vous, qui ne parlent pas et grandissent vite. Mais à présent vous devez parler, Maria He 'Ftha, car la parole sert, non pas à remplacer les faits, mais à les comprendre. »

Maria se gratte les bras, elle s'agite et semble réfléchir, réfléchir.

Efisio la regarde fixement et elle conserve les yeux baissés. Maria se tourne sur sa chaise, se gratte encore un peu et appelle : « Marcellina. »

La vieille apporte le café et les *amaretti*.

Puis Maria regarde Efisio dans les yeux.

« Docteur Marini, Perseo est en prison depuis sept jours et j'ignore ce qu'on lui fait. Je l'ai vu. Il s'est lavé, coiffé et arrangé un peu pour venir me voir au parloir, mais c'était comme s'il en manquait la moitié... Je ne parle pas beaucoup, mais je sais me faire comprendre. Ils l'ont privé de toute sa force. Si ce que vous voulez apprendre de moi peut servir à le faire sortir de la tour, je vous répondrai. »

Efisio est touché, il se fie à ses intuitions, à ce visage

qui semble parfaitement correspondre à ses pensées. Il croit aux physionomies comme un devin croit au vol des oiseaux : « Pourquoi Perseo n'a pas trace sur ses registres d'une grande partie de ses affaires, lui a-t-on demandé maintes et maintes fois en prison. Mais personne n'a compris. Peut être n'y a-t-il pas de raison : c'est juste un homme sans ordre. Pourquoi il détestait l'avocat Làconi, ça, en revanche, on le sait...

— On le sait ?

— Oui. Giacinta Làconi sait que vous êtes sa demi-sœur. »

Les pupilles de Maria He 'Ftha sont trop petites : voilà pourquoi il y a quelque chose de mauvais et de blessant dans son expression, pense Efisio, le seul détail dont on se méfie un peu.

« Giacinta sait aussi que votre mère reçoit une rente annuelle de quatre cent vingt lires. Et elle ne bougera pas le petit doigt pour vous en priver, ni elle, je pense, ni sa grand-mère...

— Donna Michela, la vieille qui ne meurt jamais.

— Mais je ne suis pas venu pour vous parler de cela, Maria. »

La jeune femme continue à se gratter les bras et aussi le cou.

Efisio poursuit, tout en buvant son café long :

« J'ai un doute, je suis même habité par les doutes, mais qui vous concerne je n'en ai qu'un : je vous demande si vous aimiez votre père autant que votre mère. Je le sais grâce au commandant Belasco, vous allez la voir dans son sous-sol une fois par semaine. » Qui sait pourquoi, lui viennent à l'esprit Vìttore et Rosa. Il sent un élancement mais écoute Maria.

« Maman a cinquante ans mais on dirait qu'elle est aussi vieille que donna Michela. Mon père, je ne le voyais jamais. »

Elle s'interrompt : « Marcellina, apporte-moi de l'eau fraîche, vraiment fraîche. J'ai soif.

— Qu'est-ce que ce prurit, sur vos bras ?

— Des moustiques.

— Des moustiques le matin ?

— Ils me dévorent à tout moment, comme si ma peau était rose. »

Maria a l'air d'une femme qui sait tenir les moustiques éloignés depuis des générations : « De la maison, je vois l'étang et la mer. La nuit, je reste des heures à la fenêtre, car l'insomnie, et non la peur, me tient éveillée. Les moustiques arrivent de la lagune par centaines. Au-dessus du lit, j'ai un voile de tulle qui me protège quand je dors, mais je dors peu, je vous l'ai dit. »

Efisio ne veut pas parler des moustiques. Cette femme réussit à parler de ce qu'elle veut, avec l'habileté d'un commerçant. Elle serait capable de vendre n'importe quoi.

« Maria, je crois qu'il y a dans toute cette histoire un fil vénéneux mais unique qui persiste à nous échapper. Mari et femme meurent de mort violente et le commandant Belasco s'approche comme il peut de certaines vérités. Quand j'ai changé les deux morts épouvantés en pierre, j'ai cru que j'avais franchi le fleuve et vaincu les rapides. En somme, nous approchons de quelque chose... Et vous pouvez nous aider. Vous n'avez rien à craindre : votre mère ne manquera de rien, quoi qu'il arrive. Le testament de l'avocat ne l'a pas oubliée. »

Maria a vidé toute une cruche d'eau et continue à se gratter. Ce faisant, elle a perdu un peu de sa grâce, elle est au bord de la frénésie.

Efisio a bu son café et sent sa tête le démanger, une démangeaison, une idée, une démangeaison, une idée. Mais dans le désordre. Puis la démangeaison arrive au cou et aux bras et lui aussi, gêné, est contraint de se gratter.

« Efisio Marini, gardez la tasse à café.

— Dois-je en lire le fond ?

— C'est ce qui se pratique dans le village de maman avec les invités de marque : on offre la tasse que l'invité a utilisée. Je vous l'enveloppe dans un de mes mouchoirs. »

Plus tard, dans la rue, il lui semble tout entendre, comme toujours, mais bien plus intensément. Les idées paraissent plus grandes et s'agitent comme des draps blancs étendus au vent qui pourtant les mélange de sorte qu'elles se recouvrent l'une l'autre. Les idées lui donnent du plaisir, il transpire, mais se sent frais, comme l'essence fraîche qui part de son estomac et souffle de tous côtés. La ville faite de montées et de descentes est comme une plaine.

Parmi les autres idées qui sautent de toutes parts, l'une saute plus haut que toutes les autres et il l'attrape, la tient entre ses mains et l'observe attentivement.

Mattia Bertelli a l'aspect, la consistance et l'énergie inépuisable d'une chenille. Sa pharmacie semble grignotée comme une feuille de mûrier et, par terre, il y a les traces qu'il laisse sur le carrelage depuis cinquante ans, en cherchant les médicaments dans le noir sur les étagères.

« Docteur Marini, crépite Bertelli en rampant derrière son comptoir. Voulez-vous d'autres poudres ? Félicitations ! J'ai vu les momies... Laissez les gens dire, laissez-les parler, de toute façon les faits sont là... L'avocat Làconi et sa femme resteront même quand nous n'aurons plus besoin de médicaments car, vous le savez, arrive le moment – mais ce n'est qu'un moment – où il n'y a plus de sirop, d'élixir, de comprimés ou de lénitifs qui tiennent... Vos sels durent, eux, ils durent ! »

Aujourd'hui Efisio est pâle, et la lenteur du Dr Bertelli l'irrite : « J'ai recueilli du café dans ce compte-gouttes.

— Du café, docteur Marini, des gouttes de café ?

— Si vous réussissiez à séparer et à classer tout ce qui le compose, ce serait vraiment utile. »

Bertelli se tortille un peu : « Est-ce pour vos études ?

— Bien sûr... Le café vivifie, tout le monde sait cela, mais celui-ci vivifie plus encore. Qu'est-ce qui le rend aussi reconstituant ?

— Vivifie plus encore ? Ce café vivific plus encore que les autres cafés ? »

Le pharmacien prend le compte-gouttes, s'éloigne en rampant et disparaît derrière les étagères en serpentant. Ses mâchoires claquent et il mastique : « Revenez dans cinq jours, docteur Marini, mais je ne sais pas ce que je pourrai vous dire sur ce café.

— Vous m'appeliez Efisio. Maintenant que j'ai fait durcir deux morts, vous m'appelez autrement ?

— Revenez dans deux jours, Efisio. »

16

Chez Efisio l'idée de famille est un sentiment qui change au gré des événements. Quand il perçoit le danger, au plus profond de lui, il ne sait même pas où, alors le besoin d'ordre, de se barricader, le besoin de la maison paternelle, la nostalgie des règles, des voix, des horaires inflexibles, du cycle des aliments qui changent avec les saisons et avec la même constance depuis son enfance, toutes ces choses réunies le poussent vers la famille.

Fedela qui remet sa mèche en place, Girolamo qui oublie lui aussi l'âge de son fils, Memèna qui verse la soupe de tortue et dose le vin : tous lui autorisent une régression infantile passive et sans arrière-pensée à laquelle il ne résiste pas. C'est ainsi qu'il supporte, qu'il attend même, l'épingle que sa mère lui met dans les cheveux dès qu'il s'assied à table, car elle ne tolère pas l'idée d'un cheveu dans la soupe et sait qu'Efisio est distrait.

Memèna sert les aubergines farcies mi-sucrées, mi-amères.

« Père, depuis combien de temps Perseo Marciàlis fait-il du commerce au môle de Saint-François ?

— Du commerce ? Je dirais plutôt du trafic. C'est bien autre chose, Efisio...

— Je sais, le commandant Belasco voit également les choses de cette façon. Mais ça ne justifie pas qu'on se retrouve dans la tour et qu'on se fasse battre tous les jours. C'est une justice qui me fait peur.

La justice doit faire peur. »

Carmina se lève et sert les aubergines à Vittore et à Rosa, qui mangent sur une table basse dressée à la cuisine, car les enfants salissent.

Girolamo verse le vin.

« Vois-tu, Efisio, Perseo achète et vend de tout : tissu, blé, orge, charrues, poêles. Il a un homme de confiance, le capitaine Luxòro, qui n'est pas exactement un brave homme. Il boit et a une femme de mauvaise vie dans chaque port. C'est un être malin mais, selon moi, trop ignorant pour l'être vraiment. Luxòro a l'air malin, il a une tête de petit malin, il ricane comme les petits malins, fait de l'esprit comme les petits malins... »

Carmina interrompt son beau-père : « Comment les petits malins font-ils de l'esprit ?

— Ma foi, ils font comprendre qu'ils savent certaines choses et, quelle que soit la stupidité qu'ils profèrent, elle doit avoir quatre ou cinq significations, de sorte que les gens sont obligés de se poser des questions et de les croire intelligents. »

Carmina est sérieuse : « Et selon vous, le vrai malin doit au contraire sembler un peu idiot ?

— Bravo, Carmina, le vrai malin doit sembler un peu idiot ou au moins faire comme s'il ne savait vraiment rien de rien. Mais Luxòro n'est pas malin. »

Elle marmonne, mais on l'entend : « Comme s'il ne savait rien de rien... comme s'il ne savait... »

Le déjeuner se poursuit, il n'y a guère de conversation, mais de jolis bruits de verres et de couverts qu'Efisio écoute.

Il mange rapidement et, quand il a fini son melon, il retire l'épingle à cheveux, la rend à Fedela et s'assied dans un fauteuil pour lire la *Gazette*.

Dehors, l'après-midi est silencieuse, les rideaux de lin se gonflent et gardent un peu de chaleur.

« Efisio, dit Carmina sans le regarder, tout en aidant à débarrasser, veux-tu une épingle en or pour tes cheveux ? Je t'en ai apporté une. »

Il ne détourne pas les yeux de son journal, suspend sa respiration et réfléchit à toute vitesse. Un tremblement microscopique fait vibrer les feuilles du journal et sa mèche ne cache pas suffisamment son front.

« L'épingle que j'avais oubliée dans mon pantalon ?

— Oui, celle en or avec des mots gravés. Je n'ai pas pu lire parce que c'était trop petit.

— Non, je n'en ai pas besoin pour le moment, Carmina. Je n'ai pas pu lire non plus, il faut une loupe.

— Où l'as-tu achetée, Efisio ?

— Je ne l'ai pas achetée, je n'achète pas d'épingles à cheveux. »

Il réfléchit encore plus vite, mais s'aperçoit que la digestion ralentit même ses idées à lui, et il ne parvient pas à distinguer l'expression de Carmina. Il est en position de faiblesse, ce qu'elle avait prévu.

« On me l'a offerte.

— Qui ?

— Je ne me souviens plus. Après la momification des Làconi, j'ai reçu beaucoup de billets, de lettres, tu le sais, et dans une enveloppe il y avait aussi cette épingle en or. Je voulais la garder, mais je l'ai oubliée dans une poche de mon pantalon de travail. »

Nous y voilà : il sent un fourmillement dans la nuque, il n'a pas trouvé d'explication plausible et, cette fois, il a dépassé le simple péché d'omission.

Son premier vrai grand mensonge conjugal, et il lui est venu comme ça, sans préméditation. Ou peut-être que si, peut-être était-il prêt depuis un moment.

Peu importe que ce soit un mensonge, se dit-il, le ventre plein. Ce qui compte, c'est que tout soit bien sous contrôle, comme c'était le cas avant de l'avoir dit, que cela ne crée pas de désordre.

Il continue à lire, mais soudain un accès de mauvaise humeur, nouveau et inconnu, lui fait détester la nuque de Carmina, qui emporte les assiettes à la cuisine. Il perçoit un changement massif, sombre et définitif, dans sa vie. Tout à coup, il sent sur lui tant de rouille toxique qu'il ne peut plus bouger et voudrait être très loin de la ville et de la famille qu'aujourd'hui il a recherchées.

On frappe depuis quelques minutes à la porte de la maison de la rue Saint-Vincent. Efisio a d'abord entendu le bruit en rêve, puis il s'est réveillé, s'est habillé et il est descendu.

C'est Maria He 'Ftha : « Docteur Marini, ma mère ne respire plus...

— Comment ça, elle ne respire plus ?

— Elle respire toutes les minutes... elle ne répond plus... Aidez-moi, je vous en prie. »

Efisio court dans la maison, prend sa trousse et redescend.

« Où habite-t-elle ?

— Rue du Collège. »

L'air n'entre jamais dans le sous-sol d'Hana Meir, même pas celui respiré par les autres. Mais tout est blanc, les murs peints à la peinture à l'huile, et semble propre.

Dans un petit lit repose Hana.

Sur le sol, il y a une pipe longue comme trois paumes avec le fourneau encore fumant. Maria a ouvert une petite fenêtre qui donne sur les pavés de la rue par où les blattes en balade accourent, suivant l'odeur qui sort de cette pipe, puis s'éloignent, étourdies.

Efisio examine la femme, qui n'est pas vieille mais a les cheveux gris et beaucoup de rides. Peu de chair, beaucoup de peau. Il ouvre son chemisier et elle semble encore plus dépourvue de matière vivante.

Maria He 'Ftha ne pleure pas : « Je l'ai trouvée comme ça... elle ne me répond plus... »

La femme est en train de mourir et il veut comprendre pourquoi. Il observe longuement Hana, puis regarde autour de lui et son œil rencontre cette pipe fumante. Il la saisit et hume.

Maria sait bien ce qui arrive à sa mère. Efisio cherche la douleur chez Hana, qu'il palpe et ausculte.

L'horreur universelle dans laquelle tombe celui qui éprouve de la douleur sous toutes ses formes n'épargne personne. La douleur des sens – la seule certaine – frappe sans mesure. Le petit nerf d'un doigt, celui encore plus petit d'une dent, les nerfs filiformes d'un œil, peuvent rendre encore plus fou qu'un gros nerf. Chacun d'eux peut faire mal jusque dans ses ramifications les plus enfouies qui, quand on les déniche, deviennent un tabernacle de douleur brûlante en vertu d'une injustice naturelle qu'Efisio ne comprend pas.

Il fouille dans la seule commode du sous-sol, trouve un petit sac de tissu, l'ouvre et respire l'odeur.

Il s'agenouille à côté d'Hana : « Maria, approchez-moi la lampe et, s'il y en a une autre, allumez-la, apportez-la ici. Je crois avoir compris. Votre mère ne souffre pas et peut-être n'a-t-elle jamais souffert, elle avait trouvé un moyen pour ne pas souffrir. »

Il éclaire le visage d'Hana, lui soulève les paupières, voit son regard dans le vague.

La lumière tombe sur un corps qui est comme réfugié en lui-même mais ne produit pas de souffrance, car aucun des signes que provoque la douleur n'est visible sur le visage d'Hana. Efisio ne voit même pas sur ce visage la solitude de celui qui se promène seul, il ne voit pas ce qui précède la promenade. Et il comprend.

« Opium ! Cette femme est une fumeuse d'opium ! Maria, votre mère... Regardez ses pupilles... »

Maria a allumé une autre lumière et s'arrête au milieu de la pièce. Elle est décoiffée, semble plus maigre et, avec cet éclairage, Efisio retrouve quelque chose de l'avocat Làconi dans l'attitude contrite et effrayée de la jeune femme.

Hana a le souffle court et ses lèvres disparaissent dans sa bouche à chaque inspiration. Elle ne bouge pas. Efisio écoute son cœur : beaucoup de petits battements, secs et sans pause. Son pouls est lointain.

Les pupilles, les pupilles...

« Est-elle mourante ?

— Je ne peux rien y faire, Maria, elle a beaucoup fumé, beaucoup trop d'opium, et je ne peux rien faire. Vous le saviez... vous le saviez, n'est-ce pas ? »

Dans la pièce, c'est le silence, seule réaction possible devant la mort qui survient, pense Efisio, tandis que la mort survenue est un soulagement, il y a des mots qu'on dit et qu'on écrit à cet effet. Mais que fait celui qui y assiste ?
Celui qui y assiste pense à lui-même et au moribond, mais surtout à lui. Celui qui a des liens de sang avec le mourant éprouve de la terreur, mais pense au moment où son tour viendra, car le moribond le lui rappelle. Surtout s'il a devant lui une agonie timide comme celle d'Hana, qui s'approche de plus en plus du vide. La mort n'oublie rien de vivant chez cette femme.
Ses larmes coulent ; peut-être qu'une rafraîchissante bouffée de souvenirs a traversé le cerveau.
« Maman pleure, docteur Marini... est-ce bon signe ?
— Cela dépend de ce qu'il y a dans sa tête, Maria.
— Peut-être pense-t-elle à son enfance... et meurt-elle heureuse... L'opium aide surtout à mourir. Elle me disait toujours qu'elle voyait tant de lumière et sentait tant de fraîcheur dans son ventre quand elle fumait. Elle me parlait des champs de pavot à Djerba... elle y jouait quand elle était enfant... et de la mer... »
Une enfant africaine qui joue dans les rues blanches et recherche l'ombre.

Maria He 'Ftha ne pleure pas encore.

« Vous me la pétrifierez ?

— Certainement, Maria. » Vanité, il ressent un peu de vanité, mais c'est qu'il a peur lui aussi : « Et nous briserons les dents à celle qui a commencé à la dévorer. »

Le ciel se met à changer de couleur, à présent le bleu est moins profond.

Ils restent là et assistent à l'agonie d'Hana qui ressemble à présent à un petit animal d'une autre espèce, tant elle est différente, toute ratatinée. De temps en temps, ils murmurent quelque chose – qui a le ton mais pas la forme d'une prière – tout en regardant la femme qui glisse vers la mort sans se rebeller.

À un moment de l'aube, durant la première lumière opaque, le visage ridé d'Hana se détend, elle ouvre les yeux et demeure ainsi. Efisio est certain qu'elle n'a pas souffert. Maria saisit tout de suite le changement, un changement en apparence infinitésimal, et sent comment la vie qui se retire en silence éveille la même honte et la même peur chez les vivants qu'une mort spectaculaire.

Le père Venanzio, avec son cerveau flottant, est assis sur le petit lit de sa cellule, traversé par la lumière. Chaque fois qu'il s'apprête à retomber sur le coussin, Efisio le soutient.

C'est à ce moment-là qu'une artère visible du cou de Venanzio palpite et envoie à son cerveau une petite dose de sang rouge. Le concentré de sang le revivifie et il dit : « Toute cette violence des choses, même celles que nous considérons d'ordinaire comme les plus douces – pense à la brutalité de l'accouplement, que je n'ai jamais voulu connaître pour cette raison – génère une terreur et une tristesse que nous ne comprenons pas. Au contraire, plus les choses sont belles, plus elles sont terribles. Alors le bleu du ciel, les couleurs de la terre génèrent le même effroi que doit avoir éprouvé le premier homme. Et je veux y voir Dieu et j'appelle toute chose Création. Je dois y voir Dieu. »

Venanzio s'interrompt car la dose de sang a cessé de faire effet, comme une quantité insuffisante de médicament, et il retombe alors sur son coussin tandis qu'Eflslo lui humidifie les lèvres avec une éponge imbibée de malvoisie.

17

« C'est le suc dense qui coule de la capsule du pavot somnifère et s'agglomère après qu'on l'a recueilli. Un hectare peut produire de cinq à soixante-dix kilos d'opium par an. Au microscope, on voit des globules jaunâtres qui ressemblent à des larmes. Les granules jaunes contiennent les alcaloïdes qui agissent sur le cerveau et, si on veut l'appeler ainsi, sur l'âme. Dioscoride, avant Jésus-Christ, en faisait un sirop contre la douleur et, qui sait, peut-être en conservait-il un peu pour lui. À Thèbes, en Égypte, on faisait de la teinture de thébaïne à partir du pavot qui croissait de façon gigantesque grâce à l'eau abondante du fleuve. Depuis toujours les hommes fument la poudre jusqu'à en mourir. Avec deux ou trois grammes, on regarde sereinement l'au-delà depuis un seuil enveloppé de parfums et on meurt sans bien comprendre que ce que nous avons craint est enfin arrivé. C'est somme toute un changement minime, même s'il est radical. » Belasco rédige lui-même le procès-verbal que lui dicte Efisio, tout en omettant les considérations qui ne lui paraissent pas devoir être soumises à un juge.

« Docteur Marini, je me suis renseigné... Excusez-moi, je ne veux pas faire votre travail, mais...

— La curiosité, n'est-ce pas ?

— Ce n'est pas de la curiosité. Je ne suis pas une femme de chambre qui arrive de sa campagne.

— Belasco, pourquoi devons-nous toujours nous perdre dans les mots ? La curiosité est un penchant noble de l'esprit, ce n'est pas le simple ragot. Que croyez-vous qui me meuve, quand je suis en compagnie des morts ou de parties de leurs corps ? Vous êtes curieux, vous aussi, parce que votre travail vous l'impose. Peut-être ne vous poseriez-vous pas tant de questions, mais vous y êtes obligé. J'aimerais vraiment connaître un homme qui ne pose pas de questions. »

Efisio a agité l'index devant le visage de Belasco qui, pour s'éloigner de ce doigt, se lève et marche dans la pièce.

« Je me suis renseigné, docteur Marini, et je sais que la morphine est extraite de l'opium à soixante degrés.

— Oui, commandant, de dix grammes d'opium on extrait un gramme de morphine.

— Et je sais que deux ou trois grammes suffisent à tuer, sont mortels.

— C'est exact. J'ai dans mon sac de la teinture de Sydenham, que tout le monde appelle teinture de laudanum, comme jadis, et je connais bien ses effets extraordinaires sur la douleur. Mais jamais je n'avais vu mourir un fumeur d'opium, jamais. »

Belasco reprend sa plume en main : « Le fumeur d'opium ne peut pas s'en passer, n'est-ce pas ? »

Soudain Efisio est comme fané : « La douleur. Tout est douleur. Regardez autour de vous, vraiment tout est douleur, même dans cette ville endormie. C'est pourquoi Hana Meir fumait jusqu'à la consomption. Elle se fichait de sa fille, elle se fichait de laisser une trace, sa marque sur la terre. L'opium a été mis dans des fleurs si belles et si colorées afin que quelqu'un – un curieux – l'en extraie et comprenne qu'il servait à échapper aux choses de ce monde. Que lui importait un coucher de soleil, la mer bleue ou le ciel, à Hana ? Des distractions inutiles. Elle en était arrivée à oublier sa fille, Maria, pour laquelle elle s'était tant démenée auprès d'avocats, de juges, de tribunaux et de policiers. » Il sourit : « L'autre grande douleur du monde. »

Dans ces contrées, personne n'est jamais mort de cette façon et tous pensent que c'est une mort de grande ville où, comme l'écrit la *Gazette*, même les vices sont grands. Seuls quelques-uns avaient déjà entendu parler de ce type de consomption lointaine et exotique. Ici on se saoule au mauvais vin, on mange au point d'engraisser même le cerveau, on se fait un sang trouble, on paresse sur les bancs sous les palmiers, on s'étourdit, on dort abruti de soleil, mais jamais personne n'est mort d'avoir fumé de l'opium. Du moins c'est ce que pense Belasco.

Hana Meir a apporté une idée nouvelle qu'ici personne ne connaissait. Ce type de mort unique sera commenté par tous en ville : « Docteur Marini, où Hana Meir trouvait-elle l'opium ?

— D'où voulez-vous qu'il vienne ? Par la mer, il arrive. Il arrive et fait sortir des mauvais gènes des habitants une énergie fétide que vous devez arrêter. Quelqu'un l'a appelé le "génial plaisir". Je ne suis pas d'accord avec ce *génial*. Voyez-vous, si Matteo le sonneur de cloches fumait toute une plantation d'opium, il ferait de beaux rêves, mais resterait l'imbécile qu'il est par nature. Si la ville devenait une fumerie d'opium, elle aussi resterait telle qu'elle est. Le Tribunal royal est-il préparé à des cas de ce genre ? Qu'il travaille : il y aura bien quelque chose dans le code pénal. »

Dehors, encore des nuages démesurés venus du sud. Efisio regarde le ciel et il lui semble qu'un nuage d'opium vénéneux fond également sur lui. Il se sent faible, il s'appuie contre le mur et ferme les yeux. Quel vertige. Quelle douleur.

Le capitaine Augusto Luxòro n'a pas l'air d'un marin. Il n'a pas les rides saumâtres de ses hommes d'équipage. Sa peau jaune et molle pend sur un visage triste et long comme celui d'un âne. Il est assis à une table du restaurant de Fabio Cancello : « Ils peuvent bien confisquer le bateau ! Qu'ils le gardent même un mois ! Maintenant tout va bien, tout est réglé. »

Fabio, voûté, un visage de pilleur de troncs, lui dit : « Dans sa lettre, Perseo t'a dit de jeter toute la cargaison à la mer... Il est sûrement fou de peur parce qu'il expérimente les méthodes de la police royale.

— Apporte-moi des anguilles grillées et une bouteille de vin de Perseo, nous la boirons à sa santé. On m'a dit qu'il avait maigri et qu'il était toujours ébouriffé, le pauvre. Comment tient-il sans vin et sans Maria He 'Ftha ? Même le nom de cette femme sonne bien... He 'Ftha... »

Fabio Cancello, arrivé enfant dans la ville en provenance d'un village de pingres des montagnes, est servile par nature et par constitution. Aujourd'hui il a quarante ans et il dirige le seul restaurant du quartier du port. L'avidité a conditionné le développement de son corps et de ses traits de prédateur (mais de proies sans défense). Les gens le jugent à sa façon de servir et il les juge à leur façon de se faire servir.

« L'esclavage est aboli. Mais aubergistes et serveurs sont encore esclaves », dit-il toujours.

Il porte lui-même les plats à table : se faire payer et compter les pièces, c'est ce qu'il aime par-dessus tout.

Il est assis à côté du capitaine Luxòro, quelques détails apparentent leurs physionomies.

Fabio murmure, scandalisé : « Il voulait jeter la cargaison à la mer ! Égarer la cargaison et la laisser se dissoudre dans la mer pour la plus grande joie des poissons et des mouettes... il est fou ! La peur l'a rendu fou ! Tu as bien fait, Augusto...

— En ce moment, à Bizerte, des gens de confiance surveillent le chargement. Pas de cargaison, pas d'argent. Parfois il faut désobéir, Fabio. Souvenons-nous-en, et Perseo, quand il sera tiré d'affaire, sera couvert de bleus et de coups, mais n'aura pas perdu un sou... et il sera content que j'aie déchiré sa lettre. »

Fabio débouche une des bouteilles que Perseo gardait de côté pour les invités au restaurant dans le cadre de ses trafics.

Carmina se défend et ne veut pas souffrir, mais l'intimité d'Efisio et Matilde s'insinue toujours au même endroit, juste au-dessus du nombril, chaque fois qu'elle en a la preuve.

Mais elle n'en parlerait à personne, pas même à son confesseur, qui est pourtant au courant des excès quasi hérétiques de son mari.

Quand Carmina a trouvé l'épingle en or, elle a pensé que seule une femme pouvait demander à un orfèvre un objet de ce type et y faire graver PLUS LOIN QUE LE

FRONT. Ces mots lui ont donné la nausée et elle a vomi toute la journée.

Puis, en y repensant encore et encore, toujours avec un élancement au ventre, lui sont venus à l'esprit le nom et le visage doré de Matilde Mausèli.

Elle a eu honte, mais une nouvelle fois elle a désiré qu'Efisio tombe malade, d'une maladie grave, pour l'avoir à la maison et s'occuper de lui comme des enfants. Une méchante attaque de malaria le ramènerait entre ces murs et le ferait réfléchir. Trempé, faible et pâle, Efisio serait beau, les paupières bleues comme le Christ libéré des clous, loin de la lumière du soleil et de celle qu'il voyait sans doute chez Matilde. Elle garderait les fenêtres ouvertes et appellerait des légions d'anophèles pour qu'elles le piquent. Qu'il meure plutôt.

18

Aujourd'hui Michela Làconi a quatre-vingt-treize ans.
Mais elle ne fête pas les anniversaires : encore une
habitude, une astuce pour tromper le temps et elle
pense que, sans fête, l'année écoulée se poursuit et
ne se termine jamais. Mieux, pour la vieille, toutes les
années n'en forment qu'une seule qu'elle passe assise
sur ses fesses, dont les os lui font mal à la fin de la
journée.

De sorte que, quand Giacinta et Matilde viennent lui
rendre visite, elles savent qu'elles ne doivent pas le
lui souhaiter.

« Matilde, blonde étrangère », Michela l'appelle ainsi
depuis qu'elle est enfant, « apporte-moi un verre
d'eau du puits. Je dois prendre mon médicament. »

Médicament ? Giacinta est stupéfaite, sa grand-mère
n'a jamais vu un médecin. Pour l'accouchement, seules une sage-femme et quelques braves dames étaient
entrées dans la maison et avaient extrait Giovanni du
coffre-fort de son ventre, puis l'avaient refermé pour
toujours.

« Quel médicament ? »

La vieille montre ses dents de souris : « Ce sont les
sels de conservation d'Efisio Marini. Deux cuillerées
à café par jour. Je me sens mieux, il m'a dit qu'ils
reconstituent et tonifient. Il faut en donner à Bernar-
dina Mastio, elle a quatre-vingt-douze ans, mais elle
est gâteuse et n'a qu'une seule dent. Toute la famille
est autour et attend qu'elle dise un mot, puis tout le
monde qui crie : "Quel phénomène !" Et elle sent la
pisse.

— Grand-mère, ils l'aiment bien...

— Ils attendent qu'elle crève. Mais elle est déjà cre-
vée. »

Matilde rit : « Donna Michela, les sels d'Efisio conservent les morts : je ne savais pas qu'on en donnait
aussi aux vivants. Vous êtes en bonne santé malgré
des précautions qui priveraient un géant de ses
forces.

— C'était une idée du Dr Marini. Je fais confiance à
ce garçon : il ne gaspille pas son temps, il ne reste
pas assis pendant des heures à manger et ne grossit
pas. » Puis elle change de sujet : « Giacinta, j'ai appris
la mort de cette Hana Meir. »

Matilde va dans la cour chercher l'eau fraîche du puits, un petit verre suffit.

Giacinta sent encore l'odeur de Mauro sur elle, car le matin, dans le bureau, il l'a fracassée comme chaque fois. C'est comme si, avec la chaleur, il lui avait transmis sa propre peau et à présent elle sent qu'elle en a deux, la sienne, desséchée, et celle de Mamùsa, épaisse, dure et fertile. Et, avec sa peau, il lui a aussi donné un peu de son regard.

« Grand-mère, tu sais que papa avait laissé une rente à Hana Meir pour subvenir à leurs besoins, les siens et ceux de Maria He 'Ftha...

— Je sais tout. Désormais, cette Hana n'a plus besoin de rente et Maria n'aura plus un sou. Cette demi-sang n'aura plus un sou ! »

La vieille se tord dans son fauteuil, sa tête penche sur le côté et elle sombre dans un de ses brefs sommeils anesthésiés. On dirait un morceau de viande sèche. Elle s'éveille d'un seul coup et, comme si elle avait consulté quelqu'un, elle dit en agitant ses petites mains : « Giacinta, tu es généreuse. Mais c'est ton père qui avait décidé de faire ce don, et s'il avait destiné cet argent à la mère, c'est qu'il ne voulait pas le donner à la fille. Va comprendre ce qui se passe dans la tête des hommes... À présent, nous ne pouvons plus rien y changer. C'était la décision de ton père et nous n'y changerons rien.

— Maria He 'Ftha est ma sœur !

— Ta demi-sœur. Seule la moitié de son sang est

nôtre. Et en la regardant, cela semble être moins que la moitié, m'a-t-on dit. »

Matilde est revenue de la cour avec le verre d'eau. Elle ne sourit pas et ses cheveux clairs brillent même dans le noir.

« Donna Michela, la mère de Maria a rendu l'âme, mais sa fille est toujours là. »

La vieille agite ses petits bras et ses petites jambes : « Rendu l'âme ? Qu'a bien pu rendre Hana Meir ? Elle n'avait rien à rendre ! Que devons-nous rendre ? Que nous a-t-on prêté que nous devions rendre ? On nous a donné les larmes et, si on me le demande, je rendrai les larmes. Non, je ne rendrai même pas cela... L'idée de rendre ne me plaît pas... je ne dois rien à personne ! Giovanni peut bien avoir semé des enfants partout dans le monde, ça ne m'intéresse pas... tant pis pour celles qui gaspillaient leur vie pour lui... La vie ne se gaspille pas. »

Giacinta est gênée par l'odeur de Mamùsa qu'elle sent sur elle, elle imagine qu'elle la répand autour d'elle, elle rosit, transpire et se tient à l'écart.

« Grand-mère, père était attentif à tout. Il n'a jamais rien laissé inachevé, comme s'il avait toujours été sur le point de mourir. Il menait tout à son terme. Sauf une chose : le procès contre le Tunisien. »

Michela hésite : « Bien, cela signifie qu'il voulait que les choses finissent ainsi. »

Elle descend de son fauteuil, touche le sol et va vers la porte, son mouchoir sous le nez. Elle pousse un petit coassement et salue. Elle va dormir, car le sommeil arrête l'usure.

C'est tout ce grand effort du corps éveillé qui le détériore.

« Parfaitement identique à la pierre la moins friable. Ni poussière ni cendres. »

Quand Efisio se répète, tel un huissier qui utilise continuellement le même tampon sur différentes feuilles, cela signifie qu'il s'est enlisé et qu'il se balance sur des fonds plats et ensablés, sans rocher et sans aspérités. La torpeur.

Le balancement ne s'arrête pas.

« Parfaitement identique, vraiment...

— Assez ! » dit Belasco, qui regarde la momie d'Ilana Meir, puis fixe Efisio.

Lui : « Vous avez raison, commandant... je répète les mêmes choses parce que je m'ennuie. C'est la faute de l'ennui. J'ennuie tout le monde, vous, ma femme, mes enfants, mes amis. Mais, surtout, je m'ennuie moi-même. J'ai l'impression d'avoir atteint une limite. Au mieux, j'ai légèrement déplacé une frontière, et donc j'ajoute plein de "moi ceci" et "moi cela" à ce que je dis. Mais certaines fois, cette même frontière me rend muet car je sais que je peux momifier et pétrifier pendant toute ma vie, mais que je n'irai pas plus loin.

— Docteur Marini, c'est sûrement passager... »

Ce qui est passager chez Efisio vient toujours des

mêmes profondeurs et y retourne. Au contraire, ce qui est passager chez Belasco n'arrive pas d'aussi loin et naît en lui, limité et nécessaire à son besoin de clarté.

« Docteur Marini, nous supportons tous les deux une charge pesante. Vous trouvez que j'ai l'échine droite, n'est-ce pas ? Eh bien, je dois vous avertir que cette échine plie, car on ne peut supporter éternellement un fardeau... Faisons le point. »

Faire le point. Précisément ce qu'Efisio ne veut pas. Mettre en ordre les faits et les faire converger vers une solution inévitable, avancer selon une géométrie et des probabilités raisonnables, aujourd'hui tout cela lui donne envie de s'enfuir et de laisser les événements survenir seuls.

« Vous voulez qu'on se souvienne de vous, commandant, n'est-ce pas ? »

Belasco le regarde d'une façon qui semble effrontée à Efisio : « Et vous, docteur, ne voulez-vous pas laisser une trace ? Vous plus que moi. »

Ils gardent le silence et fixent la momie de la fumeuse d'opium, parfaitement durcie et pétrifiée. Hana Meir a même une expression de chérubin âgé.

Puis Belasco ouvre la fenêtre, regarde au-dehors, respire à fond et revient au présent : « Perseo Marciàlis ne parle pas... sur le bateau de Luxòro nous n'avons rien trouvé, dans ses entrepôts non plus... Perseo est encore dans la prison de la tour à cause des registres qu'il ne tient pas à jour. Nous avons récupéré le tissu à losanges, exactement le même que celui trouvé par mon adjudant dans la maison en ruine sur la jetée. Mintonio avait une chemise à losanges, mais il l'a jetée et s'en est fait faire une nouvelle le même jour où il a acheté un dentier si solide qu'il arrive à mastiquer la viande de la prison. L'argent, il dit l'avoir tiré des aumônes. Rendez-vous compte, il a commencé à se laver en prison... dans les tombes de Sant'Avendrace ils attendaient l'eau de pluie. Le juge Marchi est persuadé que Marciàlis a quelque chose à y voir, il soutient que l'instinct du juge est différent de celui du policier et qu'en voyant les faits de loin, comme il le fait, le raisonnement y gagne. »

Efisio caresse la momie et sent son odeur. Elle a vraiment un parfum de terre, le même que ses fossiles. Il pense à Marchi, qui observe les habitants tout petits plus bas, depuis les fenêtres du palais du vice-roi.

« Jusqu'ici le raisonnement n'y a pas gagné assez, me semble-t-il. »

La voix de Belasco n'est pas aussi belle et brillante que d'habitude. L'index d'Efisio est en berne et il dit doucement, assis près d'Hana Meir : « Je n'ai pas de véritable raisonnement en tête, commandant. J'ai tant d'idées qui dansent en rond, mais ce n'est pas une danse désordonnée. J'attends qu'elles trouvent d'elles-mêmes la route. Je suis assommé...

— Par quoi ?

— Eh bien, mes statues, qui maintiennent unie la matière destinée à une autre fin, me procurent une sérénité hébétée qui me distrait de tout... et je m'ennuie, je vous l'ai dit. En somme, je ne sais rassembler les morceaux, commandant, et je voudrais être ailleurs, penser à autre chose. Mais l'opium et la mer passent et repassent dans ma tête... L'opium et les momies : quelle confusion... Savez-vous que l'opium cause parfois des démangeaisons insupportables ?

— La mer ? Que vient faire la mer là-dedans ?

— Oui, la porte de la mer dans cette ville. Tout est toujours arrivé par là. L'opium que fumait cette femme arrivait lui aussi au port et vous faites bien de soupçonner Perseo Marciàlis. Il avait de bonnes raisons de tuer l'avocat Làconi, mais de moins bonnes de tuer sa femme. Quant à ce Mintonio, je ne sais vraiment que vous dire. Mais les idées n'ont pas toutes le même poids et elles ne touchent pas terre ensemble. Attendons. »

« Allons-nous-en, Vincenzo, quittons cette ville. Je peux chanter partout, ma voix m'accompagne. D'ailleurs, avec cette éternelle humidité et ces vents empoisonnés par l'étang, elle durera moins longtemps. Cherchons-nous une ville, même petite, même perdue, où l'air sente le romarin... »

Fois Caraffa frotte ses bagues contre la manche de sa veste. La fuite ne l'intéresse pas.

« Écoute, Lia. Ici les choses vont bien. Elles sont

compliquées mais elles vont bien et je sais comment elles fonctionnent, je sais tout ce que j'ai besoin de savoir de ce théâtre. Nous avons de quoi vivre jusqu'à la vieillesse même si l'étang est fétide. »

Lia le regarde et pense qu'il est déjà vieux, rongé par les cigares dont il a même pris l'odeur. Mais il est satisfait : « L'héritage de l'avocat Làconi durera aussi longtemps que je durerai... il est à mon nom, tu le sais. L'avocat Mamùsa l'a dit clairement : il sera versé chaque mois au chevalier Fois Caraffa. Tu veux te retrouver dans un petit théâtre je ne sais où ?

— Pourquoi, celui-ci est un grand théâtre ?

— Non, mais il n'y en a pas d'autre dans toute l'île, les œuvres arrivent régulièrement, le journaliste de la *Gazette* dîne dans sa loge, il mange la langouste que nous lui offrons et il écrit ses articles tout en mastiquant. Et nous devrions nous en aller juste quand nous arrive cette rente assurée... une rente. »

La béatitude monte jusqu'à son cheveu, qui la sent et se remplit de vie, ondule et saute comme un ressort. Il le remet en place avec un peu d'eau du pot de fleurs.

« Que voudrais-tu manger, Mintonio ?

— Je mange ce que vous me donnez, commandant. Vous savez, si vous mettez en prison ma femme et mes deux enfants, je serai content et eux aussi. Êtes-vous déjà entré dans une tombe ? Là-dedans, on ne fait pas trop le malin. »

Mintonio a un peu rempli ses cernes. On lui a rasé la tête car les poux étaient plus nombreux que ses cheveux et les faisaient bouger comme sous l'effet d'une brise. Il semble moins pauvre et le dentier lui procure un certain bien-être.

Avec lui Belasco ne se préoccupe pas de sa voix : « Écoute, Mintonio, tu ne veux pas qu'on te frappe, n'est-ce pas ? Les coups de bâton de la police royale ne laissent pas de traces, ils ne cassent rien et on peut t'en donner à l'infini.

— Je sais.

— As-tu quelque chose à confesser ?

— Pour nous autres, des tombes, il n'y a plus rien à confesser. »

Le pauvre se souvient de la douleur et il a la nausée, ses yeux se remplissent de larmes et ses joues, d'un coup, se creusent : « Assez de coups. Je ne sais rien, commandant... Cette maudite chemise, je l'ai jetée... je l'avais trouvée dans les ordures, je le jure, je le jure et je le jure devant Dieu. Je crois au ciel et aux saints, sinon comment pourrais-je vivre ? »

Belasco recourt à sa voix menaçante de policier : « Mintonio, à partir de maintenant tu es libre. Fais attention. »

Juillet. La peur sait que les gens l'oublient pour un temps. On ne peut pas avoir peur toute l'année et la paralysie estivale qui descend sur la ville réduit la portée des pensées des habitants, qui cherchent seulement à s'abriter de la chaleur. Ils mangent à l'ombre et se complaisent à végéter et à tout repousser à ces journées de la fin août où, d'un coup, ils s'éveilleront à la fraîcheur et iront se coucher tôt, car le soleil se couchera plus vite et réveillera tous les soucis qui étaient en suspens.

19

Perseo Marciàlis est ébouriffé, qui sait quand il pourra se recoiffer. La nuit, il rêve toujours de Maria He 'Ftha. Maria qui lui lisse les cheveux avec les mains, Maria qui le lave ou l'embrasse, Maria qui le nourrit.

« Je sais, je sais qu'Hana Meir fumait de l'opium. » L'adjudant Testa doit frapper Perseo chaque fois qu'il ne donne pas une réponse convaincante. Cette fois, il le fait avec une branche d'olivier élastique enveloppée de tissu.

Belasco prend sa voix incolore : « Marciàlis, la police royale a de bonnes raisons de croire que vous faites entrer de l'opium en ville avec votre bateau... »

Perseo l'interrompt : « Mais qui en fume ici, hein ? Je

ne fais rien de contraire à la loi. Dites-le-moi, vous, à la police royale, qui en fume et qui en boit et qui s'en fait des gargarismes. Aucune loi ne l'interdit. »

Testa voit le cou nu de Marciàlis, il lève le bras et le fouette sur la nuque. Perseo saute sur sa chaise, mais il a des menottes et des chaînes aux pieds et tombe à genoux. Il gémit quelques secondes puis, rouge de colère, se rassied, sans marque sur la peau.

Belasco ne change pas de ton : « Le pavot ne pousse pas n'importe où, il lui faut une terre fertile et de l'eau. Sur les pentes occidentales des monts de l'Atlas, les paysans savent cultiver le pavot et en extraire l'opium. De là part le voyage vers les grandes villes. Mais il y a la mer au milieu. Il faut donc des bateaux pour le transporter à Marseille et Dieu sait où. De Bizerte à Marseille en passant par ici, n'est-ce pas, Perseo ? De Bizerte à notre ville, n'est-ce pas ? »

Perseo a la tête penchée sur les genoux et, ainsi blotti, il pleure. Maria ne le coiffera plus et il est désespéré.

« Voilà pourquoi tu n'as pas de registres, comme tout le monde. Blé, mil, orge et opium, opium. Voilà pourquoi tu as deux grandes maisons à Stampaccio, des voitures, des chariots, des chevaux... »

Il ne pourra plus enlacer Maria, la toucher, la respirer. Maria a vingt ans et, quand il sortira de prison, elle n'aura plus le même parfum, quelle odeur aura-t-elle ? Et il n'aura plus les cheveux roux.

« Commandant, puis-je vous parler ?

— Oui, mais pas pour poser des questions. »
Perseo se sèche les yeux : « J'ai donné l'ordre de jeter
l'opium à la mer, aux poissons. J'ai écrit au capitaine
Luxòro. Demandez-lui s'il m'a obéi. Je le connais... il
ne jette jamais rien... peut-être la cargaison est-elle
encore à Bizerte. Mais je peux vous jurer que je n'ai
rien à voir avec la mort de l'avocat Làconi. Je le détestais parce qu'il a toujours essayé de me prendre Maria
He 'Ftha... il disait que je violais une enfant... J'aime
Maria et dans un an, si elle le veut bien, je l'épouserai,
même si je suis en prison. Jusqu'ici je lui ai seulement
donné une maison où vivre.
— Vous faisiez scandale.
— Elle est vierge. Elle est vierge, même don Migòni
le sait.
— Tu le lui as dit en confession ? Tu te confesses ?
— Oui, presque tous les dimanches... même ici, en
prison...
— Ici tout le monde devient croyant. Ici la confession ne vaut rien : c'est trop facile. »
Perseo se redresse sur sa chaise et pense à la corde
serrée autour de son cou, à la potence dressée par
une journée venteuse. Il sent le froid, il voit les nuages bas qui galopent au-dessus de la place, il entend
le bruissement de la foule, il sent les mains du bourreau. Il a peur : « Je n'ai pas tué l'avocat Làconi. »

Le soleil se couche lentement. Le vent s'est arrêté puis du nord, en silence, est partie une brise apaisante qui nettoie les cerveaux gonflés par le vent du sud.

Belasco, moins droit que d'ordinaire, et Marini, les mains dans les poches, marchent le long des remparts. C'est comme si chacun laissait l'autre le voir tel qu'il est chez lui, en robe de chambre, sans parure ni mise en scène.

« Même le pharmacien n'a pu vous dire s'il y avait de l'opium dans ce café ?

— Même pas lui, commandant. Cela dit, ce n'était qu'un fond de tasse qui s'est évaporé dans ses alambics trop vieux. Mais je crois que Maria He 'Ftha me l'a donné pour que je comprenne... Elle voulait me révéler quelque chose. Qu'il ait contenu de l'opium, j'en suis convaincu : le café ne provoque pas de démangeaisons, il ne fait pas bouillir les idées dans la tête de cette façon, il n'altère pas les pupilles, il ne fait pas souffler l'air frais dans le ventre, il ne fait pas faire de rêves colorés pendant toute une nuit...

— Maria He 'Ftha en conserve-t-elle chez elle ?

— Je crois qu'un peu de l'opium que Perseo Marciàlis revendait à Marseille lui est resté. Ilana Meir en avait besoin, elle fumait depuis qu'elle était jeune. Et peut-être sa fille a-t-elle décidé d'en mettre un peu dans mon café pour que je comprenne...

— N'aurait-il pas suffi de parler, de dire clairement qu'il y a un trafic d'opium dans cette ville ?

— Ce n'est pas la même chose. Elle a une dette envers Perseo et peut-être même qu'elle l'aime : elle ne peut pas dire quelque chose qui puisse lui nuire. Avec tout ce noir qu'elle porte, ces yeux noirs, ces cheveux noirs, cette peau si particulière... cette fille a quelque chose de fort en elle, quelque chose qu'elle dégage. C'est une femme qui a l'énergie des aimants, une énergie qui ne se voit pas mais qui fonctionne. Et elle demande de l'aide à sa façon.

— Je vais l'interroger. »

Dans la rude ascension de Sainte-Catherine, ils voient un cheval noir monté par un militaire démarrer en force. Ils s'arrêtent et reconnaissent de loin l'adjudant Testa qui crie : « Commandant, commandant ! Fois Caraffa ! »

Peu après, Testa, le souffle court, est devant Belasco et Efisio : « Fois Caraffa est mort. On l'a retrouvé mort. Ni balle ni couteau. » Il regarde Efisio : « Rien de visible au premier coup d'œil, en somme. Mais on l'a trouvé attaché et avec une marque sur la tête, docteur. Et puis, il y a autre chose... je ne sais pas... une chose...

— C'est-à-dire ?

— Eh bien... il souriait... et je n'ai jamais vu un mort avec le sourire. Il souriait. Je le revois encore. »

Vincenzo Fois Caraffa est étendu sur le divan. Il a les mains liées derrière le dos. Sur la tempe droite, une marque bleue, de la forme et de la taille d'un œuf. Ses yeux sont fermés. Son visage est relâché et sa bouche, comme l'a signalé l'adjudant, est étirée, mais pas par une grimace : il sourit, il sourit vraiment, même si ses lèvres sont tuméfiées. Son cheveu doré est resté collé et a résisté.

Ce sourire est vraiment incompréhensible.

Il vivait seul dans une grande maison, face aux arcades du Saint-Sépulcre, avec deux chiens de chasse qui hurlent à présent, enfermés dans une chambre, et grattent la porte pour sortir.

Lia Melis est assise, décoiffée, sur les escaliers.

« Je ne veux plus entrer. C'est moi qui l'ai trouvé il y a une heure... C'est moi qui l'ai trouvé... »

Lia a l'habitude des morts qui, dans ses opéras, se lèvent après l'agonie pour remercier, nettoient la poussière de leurs costumes, s'inclinent et vont dîner. Mais maintenant elle a compris que Vincenzo a été assassiné, elle voit la contusion qui gonfle sa tempe, elle sent l'odeur de l'homicide dans la maison et il lui semble qu'elle la suit jusque dans l'escalier. Et ce sourire, ce sourire.

Elle s'échappe vers la petite place et disparaît derrière un angle obscur.

Efisio la rejoint, tient son front tandis qu'elle vomit, lui tend son mouchoir, la prend par le bras et la fait asseoir sur un banc de pierre sous un lampadaire.

« Efisio Marini, qu'est-ce que cela signifie ? Qu'est-il arrivé ? »

Lui – sans doute à cause des événements – a maintenant un regard phosphorescent et Lia s'en aperçoit.

« Efisio, j'ai peur.

— Quelqu'un dans cette ville est le maître de la peur, tu as raison. Mais face à la peur tu dois tourner la tête de l'autre côté et te mettre à penser comme si elle n'était pas là. Et alors, tu verras, c'est nous qui donnerons le frisson à la peur... »

Il se met dans la lumière du lampadaire : « Contre la force de la mort, nul médicament ne pousse dans les potagers, nous ne pouvons rien y faire. J'arrête les larves, les vers et les mouches, voilà tout. »

Lia se place elle aussi dans la lumière et l'écoute.

« Je sais conduire l'intelligence où je le veux, Lia. Tout le monde peut être à la barre quand la mer est calme. Cette mort change tout au raisonnement de la police royale, mais pas dans ma tête. Les événements, pour le moment, je les perçois, Lia... Puis viendra aussi la compréhension et alors l'assassin...

— L'assassin ? Efisio, y a-t-il un seul assassin ? Un seul ? »

Il s'interrompt. C'est une question cruciale et c'est une chanteuse qui la lui pose, songe-t-il. Quelqu'un qui utilise son instinct pour vivre. C'est vraiment l'instinct qui indique maintenant la direction aux idées.

« Connais-tu le dicton : *Duo cum faciunt idem, non est idem* ?

— Qu'est-ce que cela signifie ?

— Cela signifie que si deux personnes font la même chose, cette chose ne sera jamais identique, car elle est faite par deux personnes différentes. Si ta mère et ma mère préparent de la sauce tomate, ce seront deux sauces différentes, même si elles utilisent les mêmes tomates.

— Et alors ? » Le visage de Lia est inspiré car elle entend un accord compliqué qui résonne dans la tête d'Efisio, même si elle ne comprend pas cette histoire de tomates. « Et alors, Efisio ? » Si on la regarde bien, on remarque que ce n'est pas la Lia habituelle, toujours résignée.

« Je veux dire que trois personnes peuvent être assassinées par trois criminels différents même si le résultat est toujours le même : un corps sans vie. Mais un corps mort garde la marque de l'homicide que nous devons reconnaître comme nous reconnaissons la sauce de notre mère. Je crois avoir une idée qui a chassé les autres idées car elle est plus robuste. »

Lia tout à coup a quelque chose de plus désespéré dans le regard. Elle tremble et, pour arrêter le tremblement, elle se contorsionne et en se contorsionnant elle pleure : « Efisio... »

Lia est grise, à la lumière des lampadaires. Ses yeux sont devenus deux ombres dans leurs orbites et ses lèvres sont molles : « Efisio, aide-moi... des pensées m'arrivent de je ne sais où... nuit et jour, quand la nuit devient le jour, et le jour la nuit... La lune qui s'en va puis revient... tout me terrorise et alors... »

Elle commence à raconter, comme si elle lisait : « La dernière fois, j'en ai pris plus de cent gouttes. C'est peu, mais d'autres fois j'en ai avalé jusqu'à cinq fois plus. » Sa langue bat contre son palais : « Je me sens mieux dès que je retire le bouchon en verre du flacon et que je commence à compter les gouttes. Que viennent dragons, monstres velus, et même le museau poilu de la mort, vienne qui voudra ! Je les regarde dans le petit verre à la lueur de la lampe à pétrole, puis je les bois, mais pas d'un seul coup... Je les garde sur le palais, puis sous la langue et je les fais stagner... C'est là que tout éclate... »

Efisio s'est penché et fouille son regard : « Éclate ?

— Oui. Éclate, explose...

— Mais l'explosion s'entend seulement dans ta tête. La tête ! Toi aussi ! Lia, Lia, il n'y a pas d'issue, ça finira par te tuer. Le comprends-tu ? »

Lia continue à remuer la langue comme si elle avait les gouttes dans la bouche : « Alors je remercie la bouche qui reconnaît la saveur et absorbe, absorbe, je remercie la façon dont nous sommes faits. Combien d'idées j'ignorais contenir qui pourtant naissent et meurent en moi...

— À quelle fréquence en as-tu besoin ? »

Lia ne peut s'arrêter et continue à parler comme quelqu'un qui lit : « Après, je chante mieux. Bien sûr, ma voix reste ce qu'elle est, pauvre, faite pour une petite salle, comme intubée... mais la musique la traverse et tout change, car elle sort avec force et inspiration de recoins que je ne connaissais pas, et j'entends vraiment la musique et les mots... Voilà ce que devrait être la voix humaine, me dis-je... Une somnambule qui chante... »

Elle couvre son visage de ses mains : « Puis ça passe.

— À quelle fréquence as-tu besoin du laudanum ? » Efisio a perdu son regard phosphorescent et, à présent, il a les yeux noirs, plus sombres que d'ordinaire. Lia a fui la lumière du lampadaire : « Cela faisait quinze jours que je n'en prenais pas. Ne dis rien, que rien ne sorte de ta bouche. Je croyais aller bien avec le vent frais et hier, au contraire, après avoir parlé avec Vincenzo, j'ai ouvert la commode et pris le flacon. Il était si lisse... J'en ai gardé la moitié pour la prochaine fois.

— Qui te le vend ?

— Fabio Cancello, celui du restaurant... c'est un usurier et chaque fois il me le fait payer plus cher, un véritable usurier... Je gagne ma vie avec ma voix et je le paye. Les gens ne savent pas pourquoi certaines fois je chante mieux. Ils entendent quelque chose de différent, mais ils ne savent pas ce que c'est. Seuls quelques-uns se rendent compte de la différence. Ton père, Girolamo, par exemple, me fait des compliments et me dit que l'inspiration est une belle chose, mais qu'on ne sait d'où elle vient, il me dit en riant de faire attention car les saints aussi sont inspirés. »

Efisio enroule sa mèche autour d'un doigt. Dans la solitude de sa tête un dessin est en train de se former, tant de personnes qui se tiennent par la main, mais il lui manque encore le visage cruel de celui qui mène la danse.

« Donc Fabio Cancello procure de l'opium sous toutes ses formes. Les gouttes pour toi, à fumer pour Hana et Dieu sait pour combien d'autres. Il ne l'achète certainement pas dans son village de pingres, où ils vivent d'excréments et économisent pour s'acheter des boutiques sombres avec des mouches mortes collées sur la vitrine. Il lui arrive de la mer, là où Venanzio m'a dit de regarder, il me l'a dit ! Peut-être a-t-il raison, toute douleur arrive par la mer. »

Lia pleure : « Je pense à Vincenzo... Après une mort, on sèche ses yeux rouges et on recommence à manger, à dormir, à faire tout le reste... Un mouchoir nous suffit, mais à lui... »

20

Ce matin, Efisio a la sensation d'être le maître des mots : « Difficile de dire de quoi est mort Fois Caraffa, juge Marchi. C'est difficile surtout devant vous, qui n'aimez pas les hypothèses. On l'a attaché, c'est certain, et on lui a enfilé de force quelque chose dans la bouche, peut-être avec un tube. Nous devons attendre le Dr Bertelli pour être certains de ce qu'ils lui ont fait couler par le larynx.

— Oui, votre honneur, garantit Belasco. Le Dr Marini a donné au pharmacien, en ma présence et sous couvert d'un document signé garantissant la confidentialité, un échantillon de liquides prélevés dans la bouche du défunt Fois Caraffa. »

Efisio l'interrompt : « Salive. C'est de la salive. Voyez-vous, Vincenzo Fois Caraffa a été forcé de boire quelque poison, alors il a sans doute essayé de le garder dans la bouche sans l'avaler, ignorant, dans son étroitesse d'esprit, que la bouche absorbe et transmet au flux de sang douceurs et poisons sans distinction. »

Marchi ne regarde aucun des deux : « Pourquoi auraient-ils dû l'obliger à boire ? Et de quel poison s'agirait-il ? »

Belasco astique sa voix : « Parce que les lèvres tuméfiées et une dent cassée laissent justement penser qu'on a forcé le passage pour introduire quelque chose. »

Il fait une pause. Il connaît Marchi et sait qu'il a besoin de temps.

« En outre, votre honneur, à propos des lèvres, comme vous l'avez sûrement lu dans les procès-verbaux, celui de la police et celui du légiste Efisio Marini, ces lèvres, eh bien, c'est difficile à croire, ces lèvres souriaient...

— Souriaient ? » Marchi est stupéfait et songe encore que les écrits restent.

« Eh bien, n'imaginez pas un vrai rire, celui d'une personne vivante. »

Efisio arrange sa mèche : « Il s'agit d'une distension sereine, de relâchement, le contraire d'une grimace. C'est un détail important. Je suis d'accord avec le commandant Belasco. »

Marchi se raidit, car il lui semble sentir le parfum du ridicule : « Un mort assassiné qui sourit ? Et on peut

lire tout cela dans les documents de la police royale, avec le blason royal pour en attester la bonne foi ? »
Efisio se lève : « Personne ne se moquera du blason royal, monsieur le juge. »
Pour acquérir une dignité de légiste, lui si jeune, maigre et décoiffé, a mis aujourd'hui un complet noir et un col dur. Marchi l'a remarqué, son teint de papyrus s'accentue et il l'écoute comme si cette tenue autorisait Efisio à parler et à être cru.

« Quand le Dr Mattia Bertelli aura fini de faire passer dans les tubes de son alambic l'abondant échantillon de salive que Vincenzo Fois Caraffa avait ingénument conservé dans ses larges joues, je crois que nous aurons la certitude de ce que je suis sur le point de vous exposer.
» Ils l'ont assommé d'un coup sur la tête – d'où la marque –, ils l'ont attaché et lui ont mis un entonnoir ou un tube dans la bouche. Puis ils y ont versé la substance assez abondamment pour le tuer. Ils voulaient que ça ressemble à une attaque d'apoplexie, à un homme gras qui meurt. Mais la mort humilie, votre honneur, et une mort violente plus encore, elle humilie et laisse des traces. Bien sûr, les morts sont toujours tristes, mais les morts assassinés le sont plus encore et, d'habitude, cette tristesse persiste sur leur visage.
» Dans la maison de Fois Caraffa, au contraire, rien de tout cela ne stagnait et le mort avait la bouche si

détendue que sur la joue gauche on notait une de ces fossettes joyeuses qu'ont les vivants satisfaits d'être vivants.

» Quand un de mes patients est sur le point d'être emporté par le courant parce que la marée est trop forte et les vagues trop hautes, alors je lui administre une certaine quantité de laudanum qui efface toute peur ou la transforme en rêve et lui fait voir l'éternité sans effroi... parfois même une ampoule entière. Cela démange un peu, c'est vrai, mais vous devriez les voir, votre honneur. Quand les fonctions centrales, commandées par je ne sais quel signal, se réduisent silencieusement, puis cessent et que tout s'arrête, le patient a atteint le néant, non pas les yeux et la bouche grands ouverts de terreur, mais avec un sourire, car il a vu et compris, et son esprit n'est pas effrayé. »

Marchi a écouté ce discours les paumes ouvertes pour dire assez. Mais sa peau de juriste a changé de couleur et on voit à présent un filet de sang qui circule sous ses joues.

« Êtes-vous en train de me dire, docteur Marini, que Fois Caraffa a été assassiné avec du laudanum ? Assassiné et serein ? Est-ce bien ce que vous voulez dire ?

— Votre honneur, on lui en a fait avaler des gorgées entières ! Et Fois Caraffa a essayé d'en garder un peu en bouche.

— Et vous, commandant Belasco, êtes-vous d'accord ? Vous aussi avez écrit des mots qui resteront, souvenez-vous-en. Ils resteront écrits et doivent être étayés par des faits ! »

Obstacle poussiéreux au progrès, Marchi s'apprête à entamer une réflexion au ralenti quand l'huissier frappe à la porte et annonce le Dr Mattia Bertelli. Le pharmacien-chenille rampe dans la pièce jusque devant le juge et dépose devant lui une feuille, après s'être contracté en une révérence velue.

« Voici, votre honneur. J'ai fait des analyses simples et quelques essais sur des rats noirs que je me procure à cet effet. »

Au bas de la feuille à moitié rongée, couverte de caractères virevoltants, on peut lire le mot laudanum, en caractères deux fois plus grands que les autres, avec un tremblement qui se transmet aux mains de Marchi, lequel lit : « La dose extraite des joues et de l'estomac de Fois Caraffa correspond à cinq fois la dose mortelle. Ce qui signifie qu'il devait déjà y avoir dans le corps du défunt suffisamment de gouttes de teinture de laudanum pour l'entraîner vers ce coma doux dans lequel il s'est certainement enfoncé, comme aspiré par le néant... » Même l'homme-chenille écrit comme un poète, pense le juge. Même lui.

Laudanum, opium, poison et vice. Il en a toujours entendu parler. Décadence : des choses et des mœurs. Toute la ville qui remplace lentement les sargues et les daurades grillés par de longues bouffées de fumée, même en promenade, au café, au port, au théâtre et dans tous ces lieux où les gens se réunissent pour se tenir compagnie. Mais quelle compagnie ? Ce laudanum transforme en ermite, on n'a plus besoin des autres. Et donc plus d'échanges, plus de conseil municipal, plus de théâtre, plus de Grand Café, chacun seul chez soi, heureux, jusqu'au jour où, fatigués de fumer de l'opium et de manger des fleurs parfumées, entourées de branches de myrte, ils se précipiteront dans la mer du haut de la falaise. Et ainsi finira cette race.

Belasco s'aperçoit que les pensées de Marchi dérivent : « Votre honneur, la loi a tout prévu. La loi. »

Marchi frappe le bureau, qui résonne comme une cloche : « Giovanni Làconi, effrayé à mort ! Tea Làconi et Vincenzo Fois Caraffa assassinés ! Les logiques minuscules sont inutiles, il faut une logique puissante qui unisse les faits et... »

Efisio regarde le pharmacien tout contracté, puis Belasco, puis le juge : « Votre honneur, vous avez raison à propos de la logique. Ces trois assassinats différents requièrent peut-être une justice unique et une seule potence. Nous voyons ce que voient nos yeux : peu, très peu. Mais nous pouvons imaginer beaucoup plus. »

21

Les tombes de la colline de Sant'Avendrace se trouvent à l'intérieur de la roche et on y entre par une galerie. La température est toujours la même, quel que soit le mois de l'année, tout comme la couleur et le regard jauni par les bougies de suif de ceux qui y vivent. Le vent n'arrive pas dans les tombes, on n'y entend pas de gazouillis, ni le tic-tac de la pluie ni les chiens qui aboient, rien.

Aujourd'hui un enfant est mort.

Mintonio est sorti lui aussi, pour assister à l'enterrement. Il garde la bouche ouverte car il ne s'est pas habitué au poids du dentier. Ce cortège funèbre – qui fête la libération de l'enfant, c'est ainsi qu'on pense dans les tombes – ne le rend pas triste. Il y est habitué et, d'ailleurs, la mort n'est pas le pire des maux. Bien sûr, pense-t-il, cela dépend de la façon dont on meurt. Lui, pendant sa période de prison, a imaginé le gibet, le dernier pas avant la corde, la capuche, le visage du bourreau, puis le noir, et il aurait voulu un peu de l'opium qu'il avait réussi à se procurer au port. La première fois qu'on lui en avait fait fumer, il ne savait même pas que c'était de l'opium, et chaque pensée s'était transformée en belle pensée et, la nuit, dans la tombe, il avait rêvé qu'il volait au-dessus du golfe et il avait oublié la saleté.

Le matin seulement, il s'était aperçu qu'il manquait un morceau de sa chemise à losanges.

Il mord l'air avec son dentier et le son de la céramique et du métal lui plaît. Il regarde le golfe et décide d'aller jusqu'au port, où les aumônes sont dures à obtenir car sur les jetées tout le monde insulte les mendiants, mais il y a beaucoup de passage. Il décide de ne pas retirer la chassie de ses yeux malades pour faire davantage pitié aux quelques chrétiens assis sur les bancs.

Il prend le sentier vers Stampaccio, arrive dans l'avenue, descend le boulevard bordé d'arbres et commence à tendre la main, telle une petite barque, à la hauteur du marché. Bien souvent il a pensé à utiliser une petite assiette, mais c'est déjà une richesse, alors que la main, la main et rien qu'elle, même ceux de la colline en ont une.

Il traverse la rue Saint-François, la main toujours ouverte, et arrive à la grande jetée.

Le visage d'âne blanc du capitaine Luxòro est une exception parmi tous les visages noirs du port. Il est assis devant un comptoir à l'extérieur où l'on vend du pain et des sardines. Il fait chaud et tous sont peu actifs et à moitié nus.
Mintonio arrive devant le marin, la main tendue.

« Maria, je sortirai de cette fosse à purin et je t'épouserai. Je veux voir tous ces visages couverts de merde, parce que je les couvrirai de merde. Je suis triste, j'ai maigri, je ne dors plus, mais je sortirai d'ici car je n'ai rien fait de mal. J'importe de l'opium en ville... Ils l'ont découvert, et alors ? Aujourd'hui je me sens fort, Maria. »
Maria ne lui a pas encore dit qu'Hana est morte en fumant l'opium, le meilleur, que lui, Perseo, choisissait spécialement. Elle ne le lui dira pas tant qu'il sera dans la tour.
« Maria, ici ta peau s'use, sans lumière... regarde, ils en laissent entrer juste assez pour qu'on se reconnaisse... Mais je sens ton odeur et elle me reste dans le nez pour toute la journée. Je veux m'échapper... Allons-nous-en... »

Le bateau de Domenico Zonza, le pêcheur, est rentré aujourd'hui. Il était absent depuis trois jours. Tout le monde dit que c'est un homme courageux depuis qu'il a rapporté le bras de l'avocat Làconi.

Domenico est desséché car, quand il est en bateau, il ne mange que des fruits secs et des biscuits. Il se protège du soleil méridional avec l'ombre de la voile.

La nuit il dort peu, respire mieux, absorbe toute la fraîcheur qu'il peut, la conserve et la libère le jour.

Il a attrapé beaucoup de poissons le troisième jour et a décidé de rentrer.

Chez lui, il s'est lavé à l'eau douce et au savon, sa femme l'a frictionné avec de l'huile, puis il a apporté le poisson au marché découvert de la rue Droite.

Le marché.

À cette heure – que tout le monde ici, sans préciser, appelle la bonne heure, parce que le soleil n'est pas encore trop fort –, les femmes se mélangent, même les plus différentes, et cela devient le lieu le plus public de la ville, celui où elles apparaissent aussi semblables et aussi proches que possible.

Matilde Mausèli cherche des écrevisses. Maria He 'Ftha veut des seiches. Giacinta Làconi ne sait pas ce qu'elle veut.

Il y a aussi Carmina. Elle regarde les yeux d'un muge gras et luisant. Efisio lui a appris qu'on peut connaître l'heure précise de la mort des poissons, exactement comme pour les hommes. Le mort, s'il est mort depuis peu, a l'œil qui reflète, brille et scintille comme l'œil d'un vivant. Les images le traversent sans obstacle, même si elles n'arrivent ensuite nulle part. Pour les poissons, c'est la même chose. Carmina s'approche pour mieux voir, ce muge a un reflet laiteux dans le regard, signe d'un trépas guère récent, et il est plat. De sorte qu'elle cherche un autre étalage, où elle retrouve Matilde qui essaie de comprendre à l'odeur quand les écrevisses sont mortes.

Par une attraction quasi magnétique, elles se retrouvent toutes les quatre chez Domenico Zonza et se saluent dans un ordre et selon une hiérarchie multiples et complexes. Matilde salue Carmina qui lui rend son salut, mais sans sourire, et s'incline légèrement devant Giacinta, laquelle répond et se tourne, rouge tout à coup, vers Maria, puis s'agrippe avec un sourire mélancolique à Matilde, qui ne veut pas regarder Carmina.

Domenico se penche sur son étalage, le papier à emballer ouvert dans la main, et attend.

« Quatre muges, commande Carmina la première.

— Des écrevisses, un demi-kilo », dit Matilde en regardant le pêcheur.

Un kilo de goujons pour Giacinta.

Un merlan pour Maria.

Carmina tend le paquet à sa bonne et disparaît dans la foule. Matilde s'éloigne.

Giacinta et Maria restent seules et la vieille Marcellina prend le merlan et le range dans le sac en osier.

« Giacinta Làconi, il faut que je vous parle.

— Moi aussi, Maria He' Ftha. Je vous parle et je voudrais vous aimer. Mais ma grand-mère est une vieille coriace, si coriace qu'elle joue des tours au temps. Elle use les briques de sa maison, mais elle ne s'use pas.

— C'est une vieille femme courageuse, n'est-ce pas ? Et elle ne veut pas de moi, je le sais. Elle ne croit pas qu'il y ait assez du sang de son fils dans le mien. Mon père, Giovanni, m'a rarement parlé au cours de sa vie, sans même poser le sac qu'il tenait à la main. Mais chaque fois il m'a dit, en s'enfuyant, qu'il m'aimait, et il a toujours aidé ma mère Hana, vous le savez, Giacinta. »

Giacinta a ce regard éteint qui plaît à Mamùsa et éveille en lui les désirs les plus profonds.

« Maria, père avait octroyé une rente à votre mère, et à présent grand-mère ne veut pas que la rente vous revienne. L'héritage dépend de sa volonté, car notre – elle dit *notre* – père l'aimait. Pour lui, sa mère était comme la police royale, un code vivant, les tables de la Loi. Pour elle, je suis faible et sans volonté, ce qui est sans doute vrai... J'ai besoin d'une sœur, je veux parler, parler et parler encore. Et je ferai en sorte, avec l'aide de l'avocat Mamùsa et la tienne, de devenir ta sœur... Grand-mère essaiera de me faire plier, parce que tout le monde jusqu'ici a toujours fait ce qu'il voulait de moi... mais maintenant je ne veux plus vivre seule et je veux ma sœur. »

Domenico Zonza regarde Giacinta de loin et il pense

au bras gris et poilu de l'avocat Làconi trouvé au fond de sa barque, et à l'homme qu'il a vu sauter parmi les pierres de la maison en ruine sur le môle. Ce bras lui apparaît en rêve durant les nuits en bateau et c'est la chose la plus laide de sa vie. Mais le véritable effroi, c'est l'homme qui fuyait parmi les cailloux qui le lui a procuré. Il a également vu le reflet mauvais de la lame. Il n'a pas parlé de cet homme et de la lame à l'adjudant Testa. D'ailleurs, il était loin et de dos. De quoi aurait-il pu témoigner ? Et puis tout le monde disait que c'était la peur qui avait tué l'avocat.

22

Basilio Penna a choisi la physionomie du malin, avec une barbichette en pointe tendue vers son interlocuteur, des yeux aussi petits que des pois chiches, des gestes lents et arrondis, comme s'il devait toujours s'insinuer dans quelque espace étroit et glissant. Il représente le barreau dans la ville et, face à la prestance juridique de Marchi, il a l'air d'un rongeur qui essaierait toujours de grignoter un morceau de justice.

« Votre honneur, en ma qualité de bâtonnier du barreau... »

Marchi reste de marbre : « Qualité ? »

Penna a commencé à ronger : « En ma qualité de bâtonnier du barreau, je suis ici pour exprimer une protestation non pas vague mais fondée sur la logique de la loi, et en même temps pour me plaindre comme n'importe quel habitant des bas-fonds ou des maisons de pêcheurs. »

Le marbre de Marchi n'est pas aussi résistant qu'il le voudrait. Penna continue : « Cette affaire, cette intrigue, ce trafic, je dirais même cet empoisonnement, envahit toute la ville. Vous avez révélé au grand jour, monsieur le juge, le commerce innommable d'une substance dont la nature a fait don aux hommes pour soulager la douleur. Nous avons même appris par la presse ces derniers jours que le pavot somnifère est également cultivé dans un village de la plaine, mais la terre est si sèche et les fleurs si petites qu'ils n'en ont presque rien tiré... ici poussent les figues de Barbarie, il y a trop de vent pour le pavot. D'où navires et trafics avec les contrées où le pavot prospère. »

Marchi joint le bout des doigts et n'interrompt pas le bouc parlant de Penna.

« Aussitôt que l'opium circule, se manifeste le crime, jusqu'à l'homicide. Par conséquent, votre honneur, non seulement en mémoire d'un de ses membres, Giovanni Làconi, mais surtout au nom de l'intérêt général – car le fait qu'une des victimes soit un avocat est fortuit – le barreau vous demande ce que le Tribunal royal a l'intention de faire pour mettre un terme à ce lien abominable entre la poussière de pavot et les homicides dans cette ville. Devons-nous accepter qu'ils se poursuivent et que la paix soit chassée de notre paisible communauté ? Devons-nous nous constituer partie civile ? »

Marchi se lève et marche à longues foulées, les bras croisés. Il sépare, parmi ses pensées, celles qu'il peut dire et les autres. Il ne peut rappeler à l'avocat Penna que son corps, parfait pour se glisser dans les fissures, même les plus cachées, a la réputation de faire un usage de certains de ses cinq sens qui va jusqu'à l'excès et même la dépravation. Il ne peut lui rappeler putains et adolescentes des montagnes arrivées de leurs villages dûment savonnées et parfumées. Il y a tant d'autres choses qu'il ne peut dire à Basilio Penna qui attend, assis, le bouc en l'air. Chez Marchi, les pensées sont lourdes et se meuvent lentement le long des routes de son cerveau, qui ne ressemblent pas aux chemins tortueux et obscurs de celui de l'avocat. Alors il s'arrête et commence ainsi : « Dans les creux s'infiltrent les souris et les hommes qui ont quelque chose à cacher. Un vrai creux est sombre et sera donc difficilement visible aux yeux des gens et de ceux qui, au nom de la police royale, cherchent traces et preuves. Un travail difficile. Trois de nos concitoyens ont été assassinés et une femme tunisienne est morte, la pauvre, tuée par une quantité excessive d'opium qu'elle s'administrait elle-même.

» Vous savez comme moi qu'il n'existe pas de loi contre le commerce de la poudre de pavot et que, une fois terminé son interrogatoire sévère et minutieux, Perseo Marciàlis pourra bien vite quitter la tour car rien n'alimente, après enquête, sa culpabilité en matière d'homicide. Il ne peut rester dans les prisons du royaume parce qu'il charge et décharge de l'opium. D'où le fait, avocat Penna, que ce qui doit constituer l'ossature de fer d'une enquête, c'est-à-dire les faits mis noir sur blanc qui iront rejoindre les archives, cette ossature nous ne l'avons pas. La mémoire de la justice, c'est le papier, et nous n'écrivons pas des fantaisies pour satisfaire le conseil municipal ou le barreau. Quand nous aurons – et nous les aurons – des éléments indiscutables sur les trois homicides ou l'un d'entre eux, alors, cher Penna, la procédure ouvrira ses ailes immenses sur ceux qui ont tué l'avocat Làconi, sa femme Tea et Vincenzo Fois Caraffa. Quant à votre intention de vous constituer partie civile, ce n'est certainement pas une menace, mais le droit d'une catégorie de citoyens exemplaires que vous représentez. »

Marchi a parlé sans bouger et cette immobilité qui n'attend nulle réplique a quelque peu intimidé l'avocat Penna, habitué à se faufiler entre les faits et les mots et exercé à faire des discours pareils à des palangres, ces longues lances munies de centaines d'hameçons. Il se lève donc, prend son sac noir, boutonne sa veste noire, s'incline et se glisse par la porte entrouverte (une porte grande ouverte est trop explicite pour lui). Il suit le couloir en longeant le mur et se joint à un groupe d'hommes qu'il désigne de son bouc, avec sacs noirs et vestes noires, au milieu desquels il s'infiltre pour discuter comme il sait le faire.

Il est arrivé à cheval une heure avant le rendez-vous, s'est assis à l'ombre, sur les aiguilles de pin, il respire le parfum de résine et commence à écrire sur un petit carnet. Efisio compose des vers. Aujourd'hui il cherche des rimes avec mensonge et il en a trouvé dans le dictionnaire de rimes qu'il garde dans sa poche. Alors qu'il attend Matilde, la magie du mensonge, qui réunit des faits qui autrement ne tiendraient pas debout, l'a ému, et les paumes de ses mains le démangent. Mais les vers ne lui viennent pas, car il n'existe pas de poètes menteurs, pense-t-il. Son père a raison : l'inspiration n'obéit pas à la volonté.

Il ne s'agit pas d'un seul mensonge mais d'une série cohérente. Une construction aussi cynique et satisfaite que l'esprit d'Efisio, qui aujourd'hui a fait un grand détour pour arriver jusque chez Matilde, menteuse elle aussi, mais qui n'a jamais quitté le centre du cercle et attendant immobile, a émis une lumière de phare. Salvatore le lui disait quand ils étaient enfants : « Le diable saute sur notre attelage et nous ne nous en apercevons qu'à l'arrivée. » Mais que vient faire ici le diable ? Au contraire, ces choses-là naissent de l'innocence et on vient au monde précisément pour se sentir comme il se sent à présent. C'est naturel. Presque neuf années avec Carmina, les dernières passées dans le silence. Mais il chasse de son esprit Carmina et son insolent mutisme.

Parmi les pins verts, il aperçoit le reflet orange de Matilde. Il lui semble sentir une odeur mentholée. Il range son carnet et oublie omissions et mensonges.

Aujourd'hui Perseo Marciàlis a été libéré, amaigri, un peu haletant, mais ses vagues rousses toujours en ordre.

Ce soir, il peut observer depuis sa maison les lamparos des pêcheurs de l'étang tout en mangeant, et attendre l'heure où Maria He 'Ftha frappera à la porte. Mais il murmure continuellement : « Ma vie a changé de couleur... », et essaie de comprendre quelle nuance elle a prise.

Marcellina dresse la table et il reste dans son fauteuil, il écoute et observe tout, la nappe, les verres en cristal. Puis il se met à la fenêtre et regarde le ciel, mais le calme ne vient pas.

Il a l'impression qu'aujourd'hui un coucher de soleil affamé veut tout dévorer, étangs et montagnes. L'effroi a rendu fou un vol de canards qui plongent dans ce rouge et disparaissent. Il a l'impression que même les nuages courent se faire avaler, et ce désordre du ciel l'effraie encore plus : il l'atteint dans sa chair. Peut-être les avalera-t-il aussi, Maria et lui.

Il retourne dans la pièce, ferme les fenêtres et tire les rideaux.

« Marcellina, pas de nuit et pas de sommeil. Appelle Maria. »

23

Monseigneur Alfio Migòni a lui aussi mis au point un système d'économie du corps, comme Michela Làconi, mais d'une façon différente qui relève plus de l'accumulation que de l'épargne. Il est le trésorier porcin du chapitre métropolitain et il a également mis de côté – entre autres choses – ses prêches depuis qu'il est jeune. Il a quatre-vingts ans et ses prêches, chacun sur une page, sont au nombre de cent cinquante, même si on peut les résumer en une cinquantaine. Ainsi les paroissiens, en suivant le cycle des prêches du révérend Migòni, rejoignent un monde meilleur quand leur heure est venue avec des principes religieux peu nombreux, mais bien ancrés.
Parmi les idées qui se sont installées dans l'esprit du

prêtre au fil des équinoxes et des solstices, il y a celle de sauver Michela des ténèbres, car la piété et ses devoirs de trésorier l'exigent. Maintenant que la vieille a affronté et surmonté la mort de son fils – on en a longuement parlé dans la cathédrale toute proche –, sans oublier celle de sa belle-fille, une mort beaucoup plus légère, si toutefois les morts ont un poids, don Migòni et deux enfants de chœur noirs de fumée et déjà poilus frappent au portail de la maison Làconi.

La vieille attend dans le salon, en pleine pénombre, et le prêtre se réjouit de cette fraîcheur après avoir marché au soleil.

Sur la table basse, à côté du fauteuil où s'assied le prêtre, il y a un verre de limonade et un verre d'eau du puits. Migòni suppose que c'est un piège et qu'il doit choisir l'eau et non le jus de citron sucré pour prouver sa grande frugalité.

« Buvez, révérend, l'eau et le citron sont tous les deux pour vous. Je n'y ai pas versé la nouvelle poudre reconstituante qu'un médecin m'a prescrite car vous ne me semblez pas avoir besoin de reconstituant.

— Une poudre qui reconstitue quoi donc ? Tous les médicaments n'agissent pas selon la morale naturelle. Mais si c'est une poudre fortifiante pour le corps qui ne trompe pas l'esprit et l'âme, alors c'est une bonne chose. Je serais moi aussi intéressé et je pourrais me faire examiner si votre médecin en est d'accord...

— Ce n'est pas nécessaire, don Migòni, elle fait du

bien à tout le monde, regardez-moi. Un jour, je vous en ferai moi-même cadeau. Pour le moment buvez, vos poignets ont autant de plis que ceux d'un bébé, tenez bien le grand verre que j'ai choisi pour vous et buvez. »

Depuis quelques années, on pardonne n'importe quelle expression à Michela. Un laisser-faire dû à son âge et, surtout, à sa conception austère de l'existence contre laquelle aucun prêtre dans cette ville n'a d'arguments assez solides. Migòni s'y essaie donc avec la peur condensée dans quelques-uns de ses proverbiaux prêches.

Il couvre ses poignets, élargit un peu son col, lève les yeux et, après réflexion, choisit la limonade. Michela l'avait prévu.

« Savez-vous que les Juifs du ghetto distinguent deux crépuscules ? Le crépuscule de la colombe, l'aube, et le crépuscule du corbeau, le coucher du soleil. Il y avait beaucoup de personnes âgées aujourd'hui à l'église, et je les ai observées. Elles étaient toutes ratatinées, courbées, mais sereines. Elles ont chanté avec moi *Seigneur, protège-nous des ténèbres* et s'en sont retournées chez elles du pas des vieux, dans le crépuscule du corbeau. Elles ne savent pas le pourquoi des vents, mais elles savent qu'ils soufflent où ils veulent. Elles ne savent pas pourquoi elles doivent chaque jour sombrer dans l'obscurité de la nuit et s'endormir, mais elles ont accepté tous ces menus mystères auxquels nous assistons chaque jour car elles ont été touchées dès l'enfance par le grand mystère. Me comprenez-vous, donna Michela ? »

Il boit une autre gorgée de limonade et poursuit, les mains posées sur son ventre : « L'été, le temps nous donne la mesure de la quantité de lumière que l'éternité peut dispenser, le soir le soleil hésite longuement et les ténèbres cessent rapidement de ramper autour de nos lits, car l'aube vient plus tôt. Tout est parfait pendant quelque temps. Pensez donc que depuis quatre-vingts heures, personne en ville n'a remis son âme entre les mains du créateur car, c'est ce que je crois, nous est offerte une grâce si lumineuse qu'elle chasse pour un temps l'obscurité qui nous enveloppait avant la naissance. Ainsi, ceux qui ne pensent pas au mystère... »

Michela sent en elle une vigueur qui, elle en est certaine, lui vient aussi des poudres durcissantes d'Efisio et, comme elle a appris à envoyer son sang là où il lui est le plus utile – aux intestins quand elle mange et à la tête quand elle pense –, elle attend quelques secondes que le cerveau s'approvisionne, puis interrompt le révérend :

« Don Migòni, depuis que je suis jeune fille, avec un corps de jeune fille et tout ce qu'il comporte, j'ai une croyance. Je suis l'espace que j'occupe. Et cet espace s'adapte à moi. Dans cet espace, répartie sous diverses formes il y a l'énergie qui me fait tenir debout, me fait respirer sans tousser, me fournit l'eau et un peu de matière solide. La même énergie, vous la sentez vous aussi, cela se voit, fait pousser les courgettes que je mange chaque jour et engraisse le cheval pour mon steak du dimanche. Je ne sais rien des ténèbres et je ne veux rien en savoir. Quand je ferme les yeux pour dormir, je vois le noir et je n'ai pas peur. Quand je fermerai les yeux pour toujours, je verrai le noir pour toujours, mais ce qui est nécessaire pour que la maison Làconi perdure, je l'aurai mis de côté et défendu contre ceux qui veulent se l'approprier. Que les ténèbres rampent donc autour de mon lit, tout rampe, après tout ! Nos affaires sont plus importantes que nous parce qu'elles nous survivent. Et moi aussi, don Migòni, je durerai, durerai... pas autant que les statues d'Efisio Marini, mais je durerai. »

Le prêtre a fini sa limonade et boit maintenant l'eau miraculeuse, tout le monde le dit, du puits de Michela. Il reprend son sermon : « L'absence chez vous de la peur et de l'effroi des hommes vous honore, mais faites attention ! Ce pourrait être de l'orgueil !

— Je vous semble orgueilleuse ? Je vis pourtant comme un oiseau dans une cage, je me masse les tempes pour faire sortir de ma bouche quelques pensées. J'administre, je ne vole pas, je conserve... »

Le mot « conserve » fait apparaître un reflet argenté dans les yeux du prêtre, un petit éclair monétaire que Michela perçoit et reconnaît. Et pour laisser une espérance à cet éclat, elle dit : « Don Migòni, voici ce que je veux... Une plaque en marbre blanc près d'un bénitier, un médaillon avec le profil de mon fils Giovanni et une inscription que j'ai déjà en tête éloigneraient les ténèbres qui rampent la nuit autour de moi, et le chapitre serait récompensé comme il se doit. Imaginez : une donation à votre nom, et vous resteriez dans l'histoire de la cathédrale. En outre, et cela aussi est bien peu de chose, vous devriez attester que Michela Làconi, en plus d'être une femme généreuse, est dispensée du devoir d'assister aux messes, d'écouter des chœurs funèbres et de chanter des exorcismes contre la mort, puisqu'elle se défend seule contre la mort. »

Michela frémit, se pelotonne un peu, son regard se perd, sa mâchoire tombe et elle s'endort.

Don Migòni s'en va, avec une douce satisfaction qu'il ne sait s'expliquer.

Quand il n'y a pas de vent, comme ce soir, les voix des pêcheurs arrivent jusqu'à la ville, la mer est d'huile et les eaux sont calmes. Les lamparos glissent tandis que dans les filets échouent muges, tortues et écrevisses assommés par toute cette immobilité et par la pleine lune qui les aveugle davantage que les misérables flammes des pêcheurs.

Enlacés sur le divan devant la fenêtre ouverte, Perseo et Maria He 'Ftha se caressent. Elle passe sa main sur la vague des cheveux de Perseo comme elle le ferait s'il était dans la caisse.

« Tu mangeras des steaks saignants tous les jours jusqu'à ce que tu redeviennes comme avant. Tu ne dois plus parler avec Luxòro. Tu ne dois plus parler avec celui de la colline. Tu ne dois plus parler avec Fabio Cancello et tu ne dois plus aller dans son restaurant. Tu ne dois plus exister pour eux, et l'opium qui est à présent à Bizerte, tu le vendras à Bizerte. »

Perseo la hume à en perdre le souffle, il effleure ses bras noirs et fins : « Ce n'est pas l'opium qui m'a conduit en prison, Maria. Il n'y a pas de prison pour l'opium, tu le sais. Ils m'ont soupçonné d'avoir tué l'avocat Làconi parce que je le détestais. Et maintenant qu'il est mort et qu'il est devenu une statue, je le déteste encore plus. Si on me donnait un maillet, je le réduirais en morceaux sans remords et personne ne le reconnaîtrait. »

Il fixe à nouveau la paix du soir et ne cesse de caresser Maria.

Elle a compris que dans toute cette histoire, Perseo a dû avaler une potion encore plus amère que la cellule surchauffée d'où il est sorti si diminué.

« Giacinta Làconi, je ne la déteste pas. Au fond, elle n'est coupable de rien. Mais si son père t'avait laissé une rente à toi aussi, Maria, peut-être aurais-je changé d'avis sur cet homme... Mais non, même mort il fait du mal. Es-tu ou n'es-tu pas sa fille ? »

Maria sourit et retire son chemisier blanc : « C'est

donna Michela qui ne veut pas de moi... elle dit que le sang de son fils ne coule pas en moi... elle dit que c'est tant pis pour ma mère, tant pis pour elle si elle a fait ce qu'elle a fait... elle dit que c'était une femme mariée avec un homme lointain, d'une autre race et d'une autre religion... »

Perseo l'enlace et il lui semble que les rayons de la lune l'ont réchauffée : « Maria, nous n'avons pas besoin de l'argent de ces gens. Michela est vieille et cruelle, et que peuvent bien valoir les quelques gouttes d'eau qu'elle a dans les veines à côté de ton beau sang rouge ? En mars de l'année qui vient, nous nous marierons et peut-être irons-nous vivre dans une autre ville. Si tu ressens de l'affection pour Giacinta, elle peut venir dans cette maison quand elle le veut. »

Toute la peau de Maria est à lui. Il se souvient d'un coup qu'on ne voyait pas même un petit morceau de ciel depuis la cellule, alors que maintenant une lune énorme emplit ses yeux de lumière et de larmes, des larmes dépourvues de honte.

La peur se repose.
*Chaque événement a eu des conséquences. Belasco a
trouvé une trace, mais le fil s'est brisé entre ses
mains et son dos s'est un peu courbé. Efisio a imaginé et compris qu'il s'agissait d'un écheveau et non
d'un seul fil, mais la sédimentation des idées est
lente et il a souvent le regard brouillé par les reflets
de Matilde.*
La peur se repose et réfléchit.
*Seule résiste encore la conscience charnelle de Gia-
cinta. Enfant, elle était déjà ainsi. La mémoire de
la chair a été la première à s'affirmer. Giacinta a
une conscience de son corps si forte qu'aujourd'hui,
à trente-trois ans, les mâles s'en aperçoivent et la*

reniflent quand elle passe même si personne ne dit que Giacinta est belle. C'est pourquoi elle s'évanouit quand Mamùsa la fracasse. Mais la même chair sentimentale la conduit tous les matins chez Maria He 'Ftha pour découvrir tout ce qu'elle a en commun avec elle et elle la regarde pendant des heures.

Michela – qui ne considère la chair que comme un produit perfectible au point d'acquérir l'ordre géométrique du cosmos – a commandé une plaque pour son fils Giovanni, elle a fixé une échéance, elle a choisi l'inscription et, au bout de dix jours, elle est entrée dans la cathédrale sans se signer, pour assister à l'accrochage de la plaque de marbre et fixer la donation au chapitre. Puis elle est rentrée chez elle pour manger des courgettes et boire quelques goulées d'eau du puits, toute vie lointaine et toute flamme éteinte.

24

Un matin de septembre, après une nuit d'agonie clémente, sans secousse, et de nombreuses saignées inutiles, la grasse enveloppe charnelle de don Migòni est morte. De belles funérailles.
Efisio est présent tandis qu'on pousse Migòni dans une caisse longue et étroite. Il regarde le ciel et aperçoit encore d'immenses nuages. Il les fixe longuement, ils ressemblent à nouveau à de grands nuages d'opium, une fumée qui étourdit la ville.

Chaque jour, vers le soir, à la fin de journées bienveillantes et de ciels domestiqués qui ont succédé à ces ciels sauvages, une oscillation de l'intellect distrait Efisio et l'engourdit. Ainsi, chaque fois qu'il repense aux impossibilités de la brillante Matilde, lui vient également à l'esprit le temps invisible passé avec Carmina.

Sa mèche est désespérément basse. De temps en temps, elle bondit de plaisir, excitée par un écho sentimental, mais elle retombe ensuite sous l'effet de ce roulis des idées qui l'affaiblit.

Ce matin, il est dans la salle des visiteurs du chapitre et il attend don Armandino, l'aumônier de la cathédrale, secrétaire du révérend disparu.

« Oui, docteur Marini, j'ai assisté à l'agonie du père Migòni et je lui ai administré les derniers sacrements. L'huile sainte pour le passage, c'est moi qui la lui ai donnée... Mais il semblait déjà bienheureux, de sorte que ce n'était peut-être pas nécessaire. Un homme parfait.

— Parfait ?

— Oui, car il était peut-être déjà en état de grâce et mon huile était donc inutile. Peut-être... »

Tout le monde dans le quartier l'appelle le père Geignard et don Armandino le sait, si bien qu'il s'efforce de ne pas soupirer et se redresse : « Mais j'ai dit peut-être, vous noterez. Peut-être était-il déjà en état de grâce... je n'en suis pas sûr. »

Efisio écarte une étincelle blonde de son front : c'est

Matilde qui tourne dans sa tête. Mais il sent son attention piquée au vif.

« Don Armandino, vous venez de me dire que don Migòni était peut-être en état de grâce quand il a trépassé, mais peut-être pas. Je vous emprunte donc votre "peut-être" et je vous demande : peut-être voulez-vous me dire quelque chose ? C'est bien cela ? »

Armandino noue ses doigts et sa voix se change en un souffle qui se perd : « Oui, docteur Marini. Je sais que vous avez la confiance de donna Michela Làconi et de sa petite-fille Giacinta, que don Migòni confessait parfois.

— Confessait-il également donna Michela ?

— Non, pour autant que je me souvienne elle n'est jamais entrée dans une église, sinon pour diriger les travaux quand on a posé la belle plaque de son fils. Vraiment une belle plaque, avec le profil de l'avocat à peine embelli. Quoi qu'il en soit, j'espère qu'avec l'âge la dame changera. Mais ce n'est pas de cela que je voulais vous parler. »

Il dénoue les doigts, joint les paumes et sa voix se fait plus dure : « Don Migòni a été calme toute la nuit, il n'a pas dit un mot, il respirait calmement et toujours plus faiblement malgré la strophantine que le Pr Falconi lui donnait...

— Il a pris de la strophantine et n'a eu aucune réaction ?

— Pas un signe. Peu avant l'aube, tandis que j'épongeais sa sueur et que je l'aidais à calmer une terrible démangeaison en le grattant moi-même, le révérend a ouvert les yeux et la bouche... »

Le père Geignard exhale : « ... et il a dit : "pas d'absolution pour celui qui ôte la vie... le verre, le calice du démon..." Voilà, docteur, regardez, je l'ai écrit tout de suite pour ne pas l'oublier. »

Avec la force d'une réaction chimique, une idée s'enflamme dans la tête d'Efisio et lui fait l'effet d'un sel urticant enfin formé à partir des bonnes substances : « Don Armandino, quelqu'un de la colline venait-il à l'église ?

— Vous savez que ce ne sont pas eux qui viennent chez nous. C'est nous qui allons aux tombes, tels des missionnaires. Ils nous regardent avec leurs yeux enfoncés et ils prennent le pain noir que leur procurent les tertiaires de Castello. Don Migoni allait parfois sur la colline et prêchait à l'air libre...

— Et quelqu'un se confessait-il à lui ?

— Oui, en général ceux qui étaient sur le point de mourir. Mais il y en a peu, il y en a toujours trop peu qui se confessent, sur la colline. »

Le palmier qui se trouve sur le terre-plein devant l'église se courbe soudain. Tous deux se mettent à la fenêtre et observent le golfe se flétrir. Les montagnes et la côte changent de couleur. Tranquillité et nuages disparaissent du ciel. Le vent du nord s'est emballé et soulève la mèche d'Efisio, qui ferme la fenêtre.

Don Armandino s'excuse, il doit aller à l'hospice de Palabanda.

En chemin, Efisio s'arrête et le regarde tandis qu'il tient sa soutane, poussé dans la descente par le vent sec et rapide, à travers les rues étroites de la ville.

Efisio attache son cheval et suit le petit sentier poussiéreux de la colline de Sant'Avendrace, où les fleurs tombées des agaves jonchent le sol. Quelques habitants sont dehors. Lentes, poux, morve, yeux cerclés d'encre, enfants aux cheveux gris : tout semble toujours identique sur la colline.

Il s'immobilise derrière une arête, à l'abri du vent devenu coléreux qui l'empêche de respirer s'il avance de face.

Il donne une pièce à un adolescent nain : « Je veux parler à Mintonio, celui qui a un dentier. »

Il a pris sa cravache pour chasser les chiens, mais aux tombes il n'y a pas de chiens, car ils préfèrent haleter derrière quelque foulque de l'étang impossible à attraper : ici il n'y a rien pour eux.

Même les chiens ne restent pas ici. Il pense à Matilde et au soin qu'elle prend d'elle-même, et lui vient à l'esprit sa respiration, belle et légère, sans entraves.

Puis, derrière l'arête apparaît Mintonio, avec ses bras qui touchent le sol.

« Mintonio, n'aie pas peur. Je dois seulement te poser quelques questions. Je suis...

— Je sais qui vous êtes. Vous êtes celui qui pétrifie les morts. »

Le vent s'est renforcé, il court follement vers le golfe et, de la colline, on voit la mer presque blanche qui se consume.

« Mintonio, je suis au courant de tes ennuis et je sais aussi que tu as acheté ton dentier avec les aumônes.

— Hier est venu l'adjudant qui me frappait quand j'étais en prison. Lui aussi m'a posé des questions, ils veulent savoir pourquoi je vais au port et qui me fait la charité. »

Efisio hausse la voix : « Luxòro, n'est-ce pas ? C'est lui qui te fait la charité ? »

Mintonio garde la bouche ouverte à cause du dentier et ne répond pas.

« Je vais parler, Mintonio... Tu n'as pas d'efforts à faire... Écoute-moi... Le capitaine Luxòro doit distribuer le chargement du bateau. Il a besoin de bras pauvres prêts à porter n'importe quoi... n'est-ce pas ? Et toi, contre un peu d'argent, tu porterais sur ton dos même des sacs d'excréments par toutes les montées de la ville. Tu crois être aussi innocent qu'un animal. Tu dis que le sanglier ne sait pas ce qu'est le péché quand il attaque les braves chiens, tous pères exemplaires, qui le suivent. Tu penses – car tu penses, tu n'es pas innocent – que ta condition justifie tout, et d'ailleurs vous autres, ceux de la colline, qui rejoignez précocement un monde meilleur, échappez à toute règle, aux lois et aux choses...

» Il n'y a ni début ni fin, ici aux tombes... On habille les morts avec les langes qui servent aux enfants. Un système parfait. C'est comme être toujours de la même matière qui se fait, se défait, puis se reforme toujours au même endroit. Et puis tout est parfaitement clos entre ces collines et vous êtes déjà dans les tombes, vous êtes déjà prêts. Défaits puis nés à nouveau, une sorte de miracle, une résurrection. C'est pourquoi vous ne voulez pas de prêtre par ici. »

Mintonio ne comprend qu'une partie du discours : celle qui regarde le bateau et le chargement qui pourrait l'éloigner de sa tombe.

Efisio est obligé de crier, car le vent fait du bruit en rencontrant l'arête : « Ce morceau de tissu, cette chemise à losanges, c'est un cadeau de Luxòro et, cet indice qui a tant plu à Belasco, c'est un véritable indice. Tu étais sur la jetée, Mintonio, quand l'effroi a tué l'avocat, et tu pensais à tes nouvelles dents de mastiff, n'est-ce pas ? Avec qui étais-tu ? »

Le ciel s'est couvert de nuages hauts et la colline est illuminée fugitivement par les quelques rayons qui trouvent leur chemin parmi les nuages.

Du bord rocheux, se penchent une dizaine de têtes noires. Mintonio lève le bras, mais Efisio ne comprend pas la signification de ce geste.

Soudain, il voit les premières petites pierres tomber près de lui et il recule de quelques pas. Puis, il s'aperçoit qu'à chaque lancer les pierres sont plus grosses, l'une d'elles l'atteint au pied. Il s'échappe en boitant, mais file rapidement, même contre le vent, poursuivi par dix hommes que leurs croûtes rendent tous identiques. Seul Mintonio n'a pas bougé.

Il arrive à son cheval, le détache et le cravache avec toute l'énergie du fuyard.

Tandis qu'il trotte rapidement vers Stampaccio, il pense : des cannibales. Ce sont sûrement des cannibales... Puis il sourit. *C'est certainement ce vent qui les fait bouger, car les choses bougent. Nous avions cessé de penser, tous.*

À présent le cheval marche dans la montée vers le Tribunal royal et il semble réfléchir en même temps qu'Efisio, tous deux la mèche dressée par chaque rafale, pensifs.

« Nous l'avons suivi. Luxòro lui fait la charité, c'est vrai. Fabio Cancello, celui du restaurant, ne lui fait même pas l'aumône car il est trop avare : il le paye avec quelques pièces, pour des travaux de bête. Mintonio était mieux en prison, c'est sûr. »

Efisio boite à cause de la contusion au pied, mais il contourne le bureau de Belasco.

« Commandant, je ne sais pas si Mintonio est un assassin. Pour tuer il faut une tête, une idée, un plan et surtout un mobile. Bien sûr, dites-vous, le mobile pourrait être une récompense et Mintonio serait dans ce cas un tueur à gages. Mais même un tueur à gages doit savoir tuer, avoir des capacités...

— Par exemple, docteur Marini ?

— Par exemple lancer une pierre sur la tête d'un mort et la lui défoncer. Aujourd'hui, c'est la mienne qu'ils auraient pu défoncer, avant de me mettre dans une des tombes. Ils auraient pu manger le cheval et il n'y aurait plus eu trace d'Efisio Marini le momificateur. Couper un bras à un mort pourrait aussi être un travail digne de Mintonio. Lui ne fait pas de distinction entre les choses propres et sales. »

Belasco prend sa voix de cérémonie : « Tuer peut être une chose très simple pour un esprit simple... D'accord pour Mintonio, mais Luxòro, Cancello et Marciàlis ? Tout est clair et définitif, docteur Marini, ils faisaient le commerce de l'opium. Nous avons découvert qu'il y avait, qu'il y a, dans cette ville des mangeurs et des fumeurs d'opium. Et il y a eu des assassinats.

— Giovanni Làconi, Tea Làconi, Vincenzo Fois Caraffa et... »

Efisio ne sent plus sa douleur au pied. Il a une de ses idées et prononce un autre nom : « Monseigneur Alfio Migòni. »

Belasco fixe le jeune homme osseux qui n'a pas résisté et a encore levé un index maigre.

« Que vient faire ici don Migòni, docteur Marini ? Quoi donc ?

— Le prêtre était vieux, mais en bonne santé. J'ai

parlé avec le Pr Falconi qui l'a assisté durant son agonie, une agonie aussi sereine qu'un coucher de soleil au printemps. C'est précisément ce qu'a dit Falconi et il a ajouté ne jamais avoir vu une mort si belle, si belle qu'il se l'est souhaitée pour lui-même. Un envol angélique, a dit le père Geignard. »

Efisio parle désormais pour lui seul : « Moi aussi, j'ai vu une telle mort : Hana Meir semblait flotter sereinement sur une vague noire, mais bienveillante, qui l'emportait au loin telle une feuille encore verte, mais déjà détachée de la branche. Elle aussi ne bougeait plus que pour accomplir un geste en apparence banal : elle se grattait la poitrine et le cou, la seule chose qui la dérangeait était le prurit. »

Il retient son envie de grande tirade, il sait que l'autre s'énerve quand il exagère.

« Maintenant réfléchissez, réfléchissons, Belasco. Migòni aussi se grattait, ou plutôt c'est le père Geignard qui le grattait avec dévotion : le prurit troublait son agonie. »

Son index monte un peu plus haut.

« Commandant, vous savez que l'opium provoque une terrible démangeaison, comme la morphine base. Et les pupilles du prêtre ? Falconi les a contrôlées : elles étaient dilatées et profondes, comme les pupilles d'Hana. »

De Belasco provient une voix brune et sombre : « Le révérend Migòni a été tué avec de l'opium, c'est ce que vous voulez dire ? »

Efisio est plus grand et aussi plus beau : « Le laudanum ne laisse pas de trace et don Migòni est mort il
y a quinze jours. Mais ce "calice" qu'il a nommé
durant son agonie silencieuse doit avoir une signification, il doit forcément en avoir une, c'était le calice
d'où il avait bu un plaisir si grand qu'il l'a tué. Et cette
sorte de malédiction, l'absence d'absolution pour
celui qui tue ? Peut-être dans un recoin de sa
conscience déformée par l'opium avait-il compris. Le
chemin parcouru par le poison pour arriver à monseigneur, nous pouvons le faire nous aussi, il passe par
ce calice. Je crains que ce ne soit pas une route
droite, commandant, et que peut-être ce ne soit pas
une seule route. »

Belasco commence à entrevoir cette route. Il ne sait
où elle conduit mais il la voit : « L'opium arrive à la
jetée et de là prend plusieurs chemins. Je confie de
nouveau Perseo Marciàlis au bras de la justice. On
m'a dit qu'il reprend du poids, mais cette fois-ci je lui
ferai si peur que quelque chose sortira de sa bouche.
— Et faisons comme si nous étions deux sages
voyageurs qui observent les choses du haut d'un
rocher, commandant. De haut on voit mieux les
actions des hommes et les chemins sordides qu'ils
suivent pour ne pas se montrer sur les routes princi-
pales, où ils se promènent normalement avec une cra-
vate autour du cou et leur dame au bras. Marciàlis
est un homme amoureux et payé de retour, je ne

pense pas qu'il ait envie de tuer... mais peut-être sait-il quelque chose... »

Belasco répète en sortant de la pièce : « Je le renvoie en prison. »

Un beau dimanche matin, après la messe, Mauro Mamùsa est assis à son bureau et fait des calculs. Il a le même front bas et la même moue avide avec lesquels son père comptait les moutons des troupeaux des autres. Ces calculs le font sourire, son visage blanc comme le lait change de couleur et rosit.

Giacinta est dans l'autre bureau, il dilate les narines et essaie encore de sentir le parfum de lavande qu'il a déjà respiré à l'église. Il l'attrape dans l'air et soudain se lève en déboutonnant son pantalon.

Peu après il est à nouveau assis à son bureau et Giacinta est allongée sur le canapé, croupe vers le haut, visage écrasé contre un coussin, jambes et bras en croix, avec une respiration forte et satisfaite que Mamùsa écoute depuis son bureau.

Il reprend ses additions et se remet à sourire.

Perseo pleure dans la cellule la plus sombre.

Du revers d'une de ses bottes, il tire un petit paquet,

prend un peu de poudre, la met sous sa langue et attend. Puis, quand il sent la fraîcheur l'envahir, il en prend un peu plus. Et il répète le même geste.

Sur l'autre rivage de la mer, là où une autre ville se reflète dans celle-ci, se trouve le ramasseur de pavots, revenu pour bien comprendre dans quelle direction il doit regarder s'il veut savoir où sont les spécimens de cette race mélangée à laquelle s'est également joint le sang de sa femme. Il était le meilleur pour presser les pavots somnifères, il choisissait les meilleurs, les plus remplis de suc. Il a mis trois jours pour arriver au port de la plantation. Ici l'odeur et le désordre l'étour-dissent plus que sa dose de gouttes de pavot.

Un marin lui montre une boussole et lui explique que la ville qu'il voudrait voir est à deux jours de bateau dans la direction où justement aujourd'hui souffle le vent, si fort qu'aucun marin n'est sorti.

Le vieux décharné s'assied par terre, regarde et pense que ces gens ne sont pas si loin, il pense qu'il est très vieux et qu'il voudrait au moins comprendre.

25

« Presque mort ? Comment ça ? Qu'est-ce que ça signi-
fic, presque mort ? Pesez vos mots, commandant !
— Perseo Marciàlis a avalé une dose d'opium qui
aurait pu le tuer, votre honneur. »
Marchi perd ses poses hiératiques. Un prisonnier qui
essaie de se tuer avec de la drogue est un excès dont
il n'arrive pas à imaginer les conséquences et, de
toute façon, c'est un événement qu'il n'a pas réussi à
prévoir. Il est vrai que le geôlier Lecis a trouvé Marciàlis endormi à l'aube et, comme il n'arrivait pas à
lui faire reprendre ses esprits, il a demandé de l'aide :
au fond, Lecis est lui aussi un morceau de justice, et
la justice, grâce au petit geôlier, a sauvé Perseo. C'est

ce que pense le juge, plus rapide que d'ordinaire : la justice est sauve.

Belasco regarde fixement devant lui : « Le Dr Marini est arrivé à la conclusion que Marciàlis s'est enfoncé dans un sommeil artificiel avant même de finir tout l'opium qu'il avait dans ses bottes, où on en a encore trouvé cinquante grammes. C'est pourquoi il n'a pu avaler une dose mortelle : il s'est endormi avant. Lecis dit qu'il dormait comme un bienheureux. Marini a souri après avoir pris son pouls, écouté son cœur et contrôlé sa respiration. À présent le prisonnier est dans une cellule qui donne sur la place, surveillé et assisté.

— Que fait-il ?

— Il dort encore. Si votre honneur le désire, il pourra lui parler cet après-midi, selon le médecin. » Belasco est bien droit et regarde par-delà le juge : « Quant à ma conduite, j'ai déjà donné ma démission et je laisse le commandement du régiment royal au capitaine Moretti. »

Marchi écrit pendant quelques minutes, puis sèche la feuille et la tend à Belasco, toujours immobile.

« C'est l'ordre de remise en liberté de Perseo Marciàlis. Je prends la responsabilité de son arrestation, de ce qui est arrivé et de sa libération. Le barreau va seulement criailler un peu. Je me préoccupe de ce qui est écrit et non du vacarme de poulailler du barreau. Quant au représentant du roi, je pense qu'il n'aura absolument rien à objecter. Il écoutera en hochant la tête ce misérable avocat Penna, qui finira par l'ennuyer avec sa voix nasale, et l'affaire en restera là. Et vous, commandant, prenez une semaine de repos, vous avez travaillé tout l'été. Nous sommes en septembre, c'est un mois idéal pour l'oisiveté... En octobre, on recommencera à parler et à réfléchir. » Il hésite un peu, puis ajoute à voix basse : « Tout bien considéré, nous avons une nouvelle fois arrêté les événements. C'est bien. »

Le juge se lève et montre depuis la fenêtre la foule sur la place : « Regardez ces gens, Belasco, venez à la fenêtre. Vous paraissent-ils capables de se lancer dans quelque entreprise ? Certes non. Ils sont noirs, petits, querelleurs, paresseux, goinfres, ils dorment longuement après le déjeuner, ils ont peur de la mer et méprisent tout ce qui arrive de mondes différents du nôtre. Tuer un homme est une entreprise compliquée ! Comment ont-ils pu tuer sans être découverts et pourquoi ont-ils tué ? Quand cette affaire sera finie, je vous enverrai un mois à Turin, commandant, pour voir comment les choses fonctionnent là-haut. Ce n'est pas une punition, au contraire, c'est une preuve d'estime. Je vous estime, Belasco. »

Efisio et Carmina sont au Grand Café. Ils disent bonjour, s'inclinent, il lit la *Gazette* qui évoque la libération de Perseo Marciàlis et s'arrête sur une page entière consacrée aux esclaves de l'opium et à un Anglais célèbre qui a publié ses confessions une fois libéré de ce « sirop enchanté » qui s'était emparé de ses journées. C'est ce que dit le journal, qui recommande la lecture du livre comme vaccin contre la teinture de laudanum.

Carmina, Efisio la connaît, a quelque chose de précis à lui dire, c'est pourquoi elle s'est tue durant le trajet entre la maison et le café, pour ne pas se perdre dans des discours.

« Tu as transformé notre foyer et je ne le supporte pas.

— J'ai mon travail, Carmina, et une idée que je ne peux abandonner. J'ai un projet qui fait trop de bruit, c'est vrai, mais seulement dans cette ville où commerçants, employés, rats et blattes font la loi... Dans une autre ville, nous aurions eu une vie normale. »

Elle ne veut pas prononcer de mots inutiles : « Tu apportes la mort dans notre maison et parfois elle s'assied à table avec nous. Tu as une idée, je le sais. Mais quelque chose change tout, dès lors que tu fais ta vie ailleurs, qu'elle a pour toi une autre odeur et une autre couleur que la mienne. »

Efisio voudrait s'en aller, il est ainsi fait. Quand son maître de l'école des Frères chrétiens le prenait en faute, il voulait rentrer chez lui et ne plus en parler. Les erreurs sont du domaine du personnel, de l'intime, et doivent se corriger d'elles-mêmes, il ne supporte pas que quelqu'un le fasse à sa place. C'est pourquoi, comme il ne peut pas s'enfuir, il s'agite beaucoup sur sa chaise.

Carmina a en elle un poids qui lui coupe le souffle et l'empêche de respirer : « Je veux dire que tu nous apportes à tous les trois, à Vìttore, à Rosa et à moi, à n'importe quel moment de la journée, même au lit, une poudre et une odeur qui viennent de l'au-delà... désormais je la sens partout. »

Les yeux de Carmina sont fixés sur les mains d'Efisio, elles lui ont toujours plu. Elle est triste mais ne pleure pas.

« Et tu cherches le soleil, la joie partout, sinon tu t'ennuies. L'ennui. Oui, vois-tu, je suis convaincue que le problème est que tu m'as tout dit et que je ne t'intéresse plus... tu m'as usée comme un livre. Tu m'as lue et peut-être relue. Maintenant tu pétrifies les morts et chaque jour on te demande une pétrification, certains fous ont déjà fait leur réservation. Tu me l'as répété si souvent : c'est ton idée fixe, tu ne peux rien y faire. Oui, Efisio, tu m'as trop parlé et peut-être est-ce ma faute si je ne t'écoute plus. Et tu cherches, si tu ne l'as déjà trouvée, une personne qui t'écoute, tandis que tu choisis de belles paroles au sommet d'un rocher... qui réalise combien tu es intelligent et capable d'aller au fond des choses quand elles t'intéressent. À moi, que peux-tu dire de plus ? Que tu as pétrifié tel ou tel ? Mieux vaut le silence. »

Ils finissent leur granité, se lèvent et vont vers la maison, sans un mot.

26

Une amère sensation de solitude a envahi le sang pur de Belasco. Après la libération de Marciàlis, pendant quelques jours il s'est senti inutile, incapable d'utiliser sa tête et a commencé à la détester. Il déteste encore plus les mots et rumine une phrase de Tea Làconi : *Les mots sont un scandale.* Assez de mots et assez de constructions abstraites. Seuls existent les faits et les choses qui surviennent. Mais les mots inutiles hantent son esprit, en particulier à l'aube.

Efisio aussi, mais le commandant ne le sait pas, a la nausée à cause des mots et il s'est enfermé dans son laboratoire pour pétrifier sans trêve, en attente d'idées et d'inspirations.

Mais pour Belasco la solitude devient rapidement une

tristesse qui l'enferme dans une obscurité également matérielle puisque – libre pendant sept jours – chaque matin, courbé après un réveil flaccide qu'il voudrait remettre à plus tard, il se lève et s'enferme dans sa chambre, volets fermés jusqu'à l'heure du déjeuner.

Mais il ignore que souvent les idées sont un phénomène involontaire et qu'elles ne peuvent être repoussées. Elles viennent.

Tandis qu'il observe depuis des heures la grande plante de croton en se disant qu'il faudrait l'arroser, lui vient, juste sous les yeux, un doute qui lui fait l'effet d'un verre d'eau-de-vie et l'étourdit. Mais ensuite il prend forme.

Et alors, en même temps que le doute, il voit le regard acéré d'Efisio, il se souvient que le momificateur dit toujours : *Combien d'erreurs et combien d'éclats de rire avant d'en arriver à mes statues. Combien d'erreurs !*

Il se lève et se lisse les cheveux, son dos se redresse, sa voix à nouveau sonne bien à ses oreilles et il l'essaie.

« Don Armandino, oui, enfin, le père Geignard : personne n'a pensé à l'interroger. À cause d'un peu de mauvaise humeur, je devrais accepter qu'il y ait un assassin de prêtres en liberté dans cette ville ? Passe encore pour les avocats, même s'il ne tue pas les bons. Et ensuite, après don Armandino, je cours chez Efisio Marini, je dois lui parler d'une de mes idées, petite, erronée peut-être, mais une idée ! »

Il enfile son uniforme qui le fait se sentir plus fort et, guindé et luisant, il arrive en moins d'une demi-heure d'un pas énergique à la porte du chapitre.

Ce n'étaient que quelques jours de mélancolie.

Le père Geignard transpire, car Belasco a une voix de flic à l'affût.

« Commandant, tant de personnes venaient ici chaque jour que je ne peux toutes me les rappeler. Don Migòni, tout le monde le connaissait en ville.

— Vous étiez son secrétaire, don Armandino. Vous vous souvenez sûrement du montant du legs de Michela Làconi.

— Ça oui, même si je ne sais pas, souffle le père Geignard, même si je ne sais pas si je peux vous le dire. L'avocat Mamùsa et Mlle Giacinta, toujours aussi distraite, s'en sont occupés matériellement.

— Ont-ils parlé avec don Migòni, l'ont-ils rencontré ?

— Mlle Làconi et l'avocat Mamùsa sont venus le matin... ils ont apporté quelques présents..., soupire-t-il. Puis, à midi, le révérend m'a fait appeler, il se sentait mal et son agonie a commencé. À l'aube, je lui ai administré les saints sacrements. Comme il semblait en paix... Il était bienheureux, j'en suis certain. Les mots qu'il a prononcés : "Aucune absolution pour celui qui ôte la vie... le calice du démon..." venaient d'un esprit qui n'était déjà plus là, et son être n'était plus celui du père Migòni. Lui, le vrai, s'était déjà envolé bien loin. Et dire qu'il était si serein au dîner...

il a bu et mangé, satisfait, joyeux... il faisait tout joyeusement... »
Toute tristesse a disparu chez Belasco : le calice, le calice !
Marini, il doit voir Marini.

« Oui, commandant, les faits vont souvent plus vite que les idées, vous avez raison.
— Docteur Marini, je suis resté enfermé cinq jours, je ne voulais plus penser. Puis je me suis aperçu que les idées ne nous lâchent pas, même si on ne le veut pas, même si on ne le cherche pas. »
Efisio et Belasco se promènent le long des remparts de Sainte-Catherine et regardent le coucher du soleil qui est à son point d'équilibre entre ténèbres et lumière. Un instant, et il commence à s'assombrir.
« Moi aussi, j'ai réfléchi, commandant et, moi aussi, je me suis enfermé, loin des faits et des gens qui me distraient. Mais je n'ai pas réussi, je deviens triste, je ne mange plus et je cesse même de dormir. Ce matin je suis allé à la plage, les dunes sont plus belles ce mois-ci, elles n'éblouissent pas. J'ai ramé et pêché quelques oblades. Savez-vous ce que j'en suis venu à croire durant toute cette période d'oisiveté ? »
Belasco attend la réponse et Efisio continue : « Marcìalis, Luxòro et cet aubergiste, Cancello, sont des marchands d'opium, peut-être en vendent-ils. Marcià-

lis en offrait à Hana Meir, il en consomme lui-même et il en consomme avec Maria He 'Ftha, ils en mettent dans le café... ils sont peut-être méprisables ou bien ce sont des pécheurs, selon don Armandino, mais ce ne sont pas des assassins. Qui parmi eux aurait pu entrer dans la maison de Tea Làconi, la pousser sur le balcon et l'obliger à se jeter ? Tea ne les aurait même pas laissé entrer. Qui parmi eux pouvait s'approcher de don Migòni et le convaincre de boire quelque jus de chaussette à l'opium ? Personne. Nous nous sommes laissé distraire des faits, commandant. Nous devions chercher un assassin, ou plusieurs, et non partir en chasse de quelques gredins vicieux. Nous n'avons pas été à la hauteur, Belasco. Mintonio, je ne sais quoi en penser. Peut-être n'est-ce même pas un être humain et, quoi qu'il en soit, il ne sait pas ce qu'est un crime, il ne fait pas de distinction. Nous avons raté la cible, commandant, nous l'avons ratée. » Belasco sourit, pour la première fois depuis qu'il connaît l'index de Marini. Il a quelque chose à dire qui ne nécessite pas l'usage indécent de beaucoup de mots : « Le matin, Mamùsa et Giacinta ont rencontré monseigneur Migòni dans son bureau du chapitre. L'agonie de Migòni a débuté le soir. »

Il fait une pause, car il voit qu'Efisio s'est soudain décoiffé, puis poursuit : « À présent je vous le demande, docteur Marini, êtes-vous raisonnablement convaincu que le prélat est mort à cause de l'opium introduit dans la pièce du chapitre par des mains qui voulaient éliminer le pauvre prêtre ? Peut-être un cadeau sous forme de gâteau, de boisson, dilué dans le vin... dans un calice. »

Il fait presque nuit et le lanternier finit sa tournée.

Efisio ne pense pas à sa mèche, ne pense pas aux morts, il oublie Carmina et Matilde et ses yeux noirs donnent de la lumière : « Il fait frais, ce soir ! Ça fait du bien, ça maintient en alerte. Je n'ai pas de réponses, commandant, mais j'ai comme la sensation d'avoir commencé un voyage avec vous et j'aimerais le conclure. Du reste, un motif pour participer à ce voyage, j'en ai un : je suis le momificateur attitré des Làconi et de Maria He 'Ftha... Vous avez introduit une nouveauté dans notre raisonnement, une nouveauté importante, car je suis convaincu que cette soudaine agonie sans traces, sans paralysie et sans douleur a été causée par la morphine. Même la digitaline n'a pas réveillé le cœur du prêtre qui a glissé au loin, exactement comme Hana Meir. Et maintenant vous me dites que Giacinta Làconi et Mauro Mamùsa sont allés chez lui... »

Le sourire de Belasco s'élargit. Efisio continue : « Don Migòni tué élégamment dans la nuit avec de la morphine, la visite de ces deux-là le matin... Votre information a une importance que personne ne peut contester, commandant. Ma foi, Mamùsa est plus suspect que Marciàlis et Luxòro. Savez-vous s'il a apporté quelque présent au prêtre ?

— Non. Mais don Armandino ne se souvient pas, donc ce n'est pas exclu.

— Mamùsa... Il faut l'interroger.

— Mamùsa est avocat dans l'un des cabinets les plus importants de la ville. Vous savez cela, n'est-ce pas ? » Les yeux d'Efisio se sont allumés comme deux lampions : « Vous ne pouvez pas, c'est certain. Mais moi je peux, je peux parler à l'avocat Mauro Mamùsa. Mais... » Il s'interrompt : « Mais il y a une personne qui connaît mieux que quiconque le poids des paroles et des faits et dont le visage souffre sans arrêt. Je dois d'abord parler avec elle. »

27

À peine entré dans le bureau du Bàllce, Efisio sent une odeur de bête sauvage. Un stagiaire l'a fait asseoir dans une petite pièce grise qui sert de lieu de réflexion aux clients et Efisio a ouvert la fenêtre car cette odeur lui rappelle quelque chose d'affreux, mais il ne sait pas quoi.

Il attend l'avocat Mamùsa qui doit revenir du tribunal. Giacinta n'est pas là.

Il allume un cigare et se met à la fenêtre.

Au bout de la volute de fumée, il voit marcher, rasant les murs, son sac noir serré sous l'aisselle, le pâle avocat dont la redingote brille au soleil.

Mamùsa entre par le portail du bureau.

« Avocat, je suis heureux que Giacinta ne soit pas là. J'aurais de toute façon demandé un entretien privé.

— Je n'ai pas vu Giacinta depuis hier, docteur Marini.

— Je l'ai vue ce matin chez elle, je lui ai longuement parlé et il vaut mieux qu'elle n'entende pas ce que je vais vous demander. »

Mamùsa est d'un blanc laiteux et il a deux canaux bleuâtres autour des yeux. Les yeux. Efisio pense que cette absence d'expression est le résultat de beaucoup d'entraînement, mais aussi d'un caractère transmis par une espèce indifférente aux choses de la nature et par conséquent au sang. Soudain, il comprend que cette odeur de bête féroce, qui est encore plus forte dans le bureau, est justement l'odeur de l'avocat et qu'il n'existe nul savon capable de la couvrir.

Pourtant, il a un léger pincement de peur et, comme il est furieux d'avoir peur, il se met de façon provocatrice à employer les mots tel un poinçon, même s'il a compris que Mamùsa, par expérience et par instinct, attend que les autres parlent les premiers.

« Vous savez que Giovanni Làconi est mort de peur. Tout le monde le sait. »

Mamùsa approche sa chaise du bureau et Efisio reconnaît la sensation de plaisir qu'il éprouve quand il sert de déclencheur aux événements.

« La peur. La peur n'est pas une chose qui se pense. C'est comme la faim ou la soif. Si l'on pouvait réfléchir quand la peur arrive au cerveau, tout serait différent et la peur serait moins puissante. Giovanni Làconi n'a pas réfléchi, il a senti le lacet autour de son cou et aussitôt il est mort de terreur. Mais raisonner, placer les idées l'une derrière l'autre ne lui aurait pas suffi. »

L'index d'Efisio est sur le qui-vive : « Avocat, si vous avez un peu de temps à me consacrer, je vous tiendrai un discours qui pourra vous sembler par moments incohérent, ne respectant pas l'ordre des choses.

— Je vous écoute.

— L'agonie du révérend Migòni, que tout le monde dans la ville prend pour l'agonie sereine d'un saint, a débuté après le dîner. Le matin, il a reçu plusieurs visites, parmi lesquelles la vôtre, d'après don Armandino. Et le prêtre est peut-être mort lui aussi avant que son heure soit venue. »

Mamùsa ne bouge pas. Efisio ne ressent pas seulement du plaisir, car soudain la mémoire lui cause quelque douleur.

« À présent, revenons en arrière. Giovanni Làconi avait prévu divers legs. Un legs pour Hana Meir qui a rejoint "un monde meilleur" ainsi qu'on appelle l'autre monde. Et un autre legs pour le théâtre, représenté par Vincenzo Fois Caraffa, qui nous a quittés lui aussi puisque quelqu'un l'a empoisonné à l'opium. Et puis... »

Efisio sent des aiguilles partout. Sa tête est brûlante, au fond, là où se forment les sentiments.

« ... et puis Tea. C'était l'épouse de Giovanni Làconi et le plus gros de l'héritage lui serait revenu... »
Mamùsa ajoute doucement : « Et à Giacinta.

— Nous parlerons de Giacinta plus tard, si vous le permettez. Pour le moment, je voudrais encore vous parler de Tea, qui aurait hérité et peut-être administré le patrimoine de Giovanni. » Il regarde autour de lui. « Y compris ce cabinet, ce qu'il contient et ce qui lui est relié, tout le réseau complexe d'affaires qu'un avocat, en mourant, laisse derrière lui et qui demeurent en friche pour ceux qui restent. Mais Tea aussi est morte assassinée. »

L'odeur de bête sauvage est devenue plus forte. Efisio se lève et, sans demander, ouvre la fenêtre. Il est debout près de la lumière, où il se sent protégé.

« Mais une diversion a distrait tout le monde, moi aussi, d'un raisonnement qui devait nous conduire à l'unique élément déclencheur des événements, qui devait nous faire suivre un unique fil noir : celui de l'intérêt, de l'avidité et de la possession. L'opium nous a distraits, le commerce de l'opium : une nouveauté, un scandale pour cette ville de boutiquiers. Et l'opium nous a fait imaginer à nous qui n'en consommons pas des mondes fantastiques, des criminels fantastiques, l'Afrique, des ports lointains et des déserts... Mais c'est un criminel très peu fantastique qui a tué sous notre nez trois, peut-être quatre êtres humains en y mettant toute la méchanceté possible. De la méchanceté. Oui, maître, moi aussi j'ai pensé que toute cette cruauté arrivait de la mer, de loin. Mais j'aurais dû me tourner, tourner le dos à l'eau et me rappeler l'âme sanguinaire qui habite les collines de notre île et que le mal produit comme le fromage et la *ricotta*. »

Mamùsa a compris, mais il ne change ni de couleur ni de regard : « Marini, vous faites des imitations de la chair et quelques-uns, par superstition, pensent que vous avez pris la mesure de l'éternité. Ils imaginent même que Giovanni Làconi et sa femme attendent là, prêts à se lever et à désigner l'assassin. Mais la justice exige des faits. »

À présent le plaisir a tout envahi, chaque cellule d'Efisio.

« Parfois la justice aussi se contente de quelque chose de semblable à la réalité. Et j'ai en tête une idée qui me fait mal depuis qu'elle a germé. Je vous disais que j'avais essayé de suivre la trace noire de l'avidité, que j'ai tourné le dos à la mer et regardé les collines où tant de villages sont à peine reliés par les petites routes dessinées sur les plans piémontais, dans lesquels les mariages sont toujours plus consanguins et les têtes plus malades. Beaucoup de méchanceté vient de là. Mais ce sont des considérations sentimentales. Vous voulez des faits, Mamùsa, des faits ? Eh bien, je peux vous dire que pour tuer un homme, il vaut mieux être deux, c'est plus sûr. L'homicide n'est pas un acte héroïque et il faut être prudent. Un des deux déchire sa chemise à losanges... il est distrait et laisse une trace.

— Et le second ?

— Ma foi, le second est celui qui commande. Il ne transpire pas, ne déchire pas ses vêtements. Il est celui qui connaît les habitudes de Giovanni, il décide comment le tuer et donne une valeur symbolique à la mort de la victime, comme on le fait chez lui. La victime doit être annihilée, souillée jusque dans sa chair. Que le corps ne s'en relève jamais et que l'acte horrible laisse des traces pour toujours.

— Docteur Marini, parlez-moi donc de la mort de Tea, je vous écoute. »

Une autre vague de plaisir.

« Tea a ouvert sa porte à quelqu'un qu'elle connaissait, peut-être lui a-t-elle souri. Elle l'a laissé entrer, puis il l'a poussée par la fenêtre. Tea ne voulait pas faire ce vol, elle a résisté, s'est agrippée et l'assassin a poignardé ses doigts qui restaient accrochés à la rambarde. Peut-être avec un de ces couteaux qu'utilisent chez vous les bergers.

— Et Fois Caraffa ?

— Lui aussi a ouvert à une connaissance. Lui aussi, peut-être, a souri, mais on l'a roué de coups, assommé, attaché et gavé d'opium.

— Et le révérend Migòni ?

— Un gourmand qui a avalé un reconstituant trop fort... Peut-être lui a-t-il été offert par quelque visiteur guère dévot et il l'a englouti au dîner. D'ailleurs, a pensé le généreux donateur qui offre des boissons à l'opium, il ne reste aucun signe visible de ce breuvage. »

Efisio sent une fatigue qui éloigne un peu le plaisir et il voudrait faire une courte sieste, comme la vieille Michela, mais il continue : « Ces faits avancent vers un point, unis comme une phalange : tous les morts étaient un obstacle à l'intégrité et à la préservation du patrimoine que Giovanni Làconi, mis au monde dans ce but, a bâti en s'usant dans les prétoires du Tribunal royal. Tea était la nouvelle patronne après la mort de son mari ? Le vent l'a emportée et elle a volé vers l'autre monde. Fois Caraffa et Migòni voulaient de l'argent ? Désormais, ils flottent dans une marée plus noire. Tout appartient maintenant à Giacinta. »

Mamùsa ne change pas de couleur : « Ce matin vous avez parlé avec Giacinta... Elle est plus faible au début de la journée... Puis, à mesure que le temps passe, elle se sent mieux. »

Efisio regarde par la fenêtre, il regarde le Bàlice comme s'il attendait quelque chose, puis il sourit et s'approche du bureau : « Giacinta, Giacinta ! Voyez-vous, Mamùsa, pauvre fou », l'avocat est blanc, mais ses yeux deviennent rouges et brillants, « quand on utilise un levier, il doit résister aux forces qu'il supporte, tout mécanicien sait cela. Si le levier cède, tout s'effondre. »

Mamùsa sent un vertige s'abattre sur lui telle une gifle. Il a compris, il a enfin compris.

Efisio l'a traité de fou et lui ne change pas d'expression, comme certains fous. Il pleure.

« Qu'attendiez-vous de Giacinta, docteur Marini ? »

Giacinta la faible, qu'il harcelait et fracassait et qui devait chaque fois se reprendre seule, après toute la violence qu'il avait déversée sur elle et qui l'avait bouleversée.

Efisio le fouette encore : « J'ai parlé avec Giacinta. Le levier s'est brisé, Mamùsa. L'assassin a vraiment commis une erreur... il croyait être le maître de Giacinta... peut-être l'épouser pour ensuite, si nécessaire, la tuer... Il y a tant de moyens... Mais Giacinta s'est effondrée... »

Mamùsa s'essaie aux mots : « L'assassin pouvait aussi tuer Michela... Non, pour elle il suffisait d'attendre un peu, quelques années... »

Efisio s'assombrit et un nouveau pli apparaît sur son front : « Michela prend ses précautions, elle se protège et vivra plus longtemps que nous. Elle n'ouvrirait pas sa porte, pas même à vous, Mamùsa. Elle ne boit pas de poison. »

Il regarde à nouveau par la fenêtre... ils sont arrivés : « Giacinta a parlé. »

On frappe à la porte. Pas à la manière de Giacinta, qui entrait alors avec le regard absent. On frappe à nouveau.

Mamùsa ferme les yeux et parle soudain comme un poète : « J'avais trouvé la consolation et je l'ai perdue en la déchiquetant. J'ai mordu ce que je ne pouvais pas mordre. »

28

Il n'y a que deux saisons sur l'île et dans la ville, la chaude et la froide, et elles se succèdent moyennant des changements violents qui privent la nature et les hommes des nuances et de la douceur des demi-saisons. Les arbres ne jaunissent pas en automne, mais deviennent tout à coup squelettiques. Les amandiers et les cerisiers ne bourgeonnent pas et fleurissent, mais un matin d'hiver on les voit se couvrir de fleurs fanées.

Aussi l'automne a-t-il fait durer l'été jusqu'en décembre et soudain, aujourd'hui, c'est le premier jour froid de l'hiver.

Les cannaies de l'étang tremblent et s'assèchent d'un

LA PEUR ET LA CHAIR

coup, et l'odeur douceâtre de décomposition disparaît.

Aujourd'hui on pend Mamùsa.

Efisio est sorti de chez lui dans le noir, il a laissé son
cheval au promontoire et il a marché, marché. Avec
le froid, le sable est plus pur. Il parle seul et emploie
les mots comme une consolation. La mer lui dit que
le monde est une corne d'abondance et que le soleil
dissoudra le brouillard. Mais quand il se tourne et voit
la ville haute encore dans la brume et le profil laiteux
de la tour des prisonniers, il accélère le pas dans la
direction opposée.

Ces derniers jours il a grossi, car la peur le faisait
manger davantage, et il passait son temps à digérer
quelque chose, lentement et douloureusement.

Ils sont entrés avec la première lumière crue du jour
et l'ont trouvé qui marchait en rond dans la petite
cellule. Ils lui ont apporté du lait chaud et un verre
d'eau-de-vie. Il boit le lait, mais tous ses organes le
refusent car ils savent qu'ils ne seront jamais plus
nourris, et il vomit. Alors il avale d'un trait l'eau-de-
vie, qui n'est pas un aliment.

Gentiment, ils posent une main sur son épaule, le font
asseoir et découpent le col de sa chemise avec des
ciseaux. Son cou commence à sentir ce qui l'attend,
il devient rigide et lui fait mal.

Mauro Mamùsa commence à trembler et éprouve des sensations qu'il ne comprend pas. Quelqu'un touche ses vertèbres sous la nuque. Il laisse faire et ferme les yeux. Ce n'est pas possible, ce n'est pas possible... Il rumine encore la saveur de l'alcool blanc. Il dit seulement qu'il a froid et ils lui donnent une grosse veste en drap.

Il se masse les yeux, les enfonce dans leurs orbites et recommence à marcher rapidement dans la cellule car la vitesse est l'unique anesthésique possible tandis qu'il entend les paroles monocordes récitées par le prêtre.

Ils lui donnent un autre verre d'eau-de-vie. Ils lui attachent les poignets derrière le dos. Il voudrait demander où est Giacinta mais sa voix n'a pas de son.

Puis ils le conduisent dans une autre cellule.

Là, il reconnaît l'odeur. Il la cherche dans un coin et la reconnaît, même vêtue de toile de jute. À présent Giacinta ressemble à son père Giovanni, car la souffrance de la punition a effacé chez elle tout particularisme féminin pour ne laisser que ce que les gènes de son père lui ont transmis : une peau misérable et une chair quelconque.

Mauro Mamùsa ne veut plus se la rappeler, ce qui adviendra d'elle lui est égal car il est entièrement pris par sa peur. Et pourtant, il avait parfois pensé que ça pourrait finir ainsi, mais il ne s'y était pas arrêté.

Il doit être pendu à huit heures.

Quand il sort de la tour, il sent un froid à hurler de

colère. Pourquoi ne le couvrent-ils pas mieux ? Parce qu'il ne risque plus de tomber malade ? Tomber malade et mourir épuisé par la maladie, il ne le pourra plus. Il y a une lumière terrifiante. Pourquoi ne le tuent-ils pas dans le noir ?

Voilà la charrette. Elle est découverte. Ma chair. Ma chair.

Dehors, l'alcool qu'il a bu s'évapore. Il en demande encore mais ils ne lui en donnent pas. Pourquoi tant de lucidité ? La peur aiguise tous ses sens, qui l'avertissent... Il voit mieux, entend mieux... Son cœur semble un pic-vert fou. Si seulement il s'arrêtait...
Il regarde l'expression des gens dans la rue, ils sont là, dans le froid, pour scruter le visage de l'assassin. Il ne réussit pas à rester debout dans la charrette et ils le soutiennent. L'espace d'un seul instant, ses nerfs se calment quand il lui semble apercevoir la vallée fermée d'Escravida où son patron l'emmenait avec son troupeau. Mais il se rappelle le plaisir avec lequel le berger esclave égorgeait l'agneau pour festoyer, et il comprend que tous ici sont venus comme à une fête, il cesse de les regarder et recommence à trembler et à penser rapidement.
Il n'y a pas de solution pour chasser la peur. Pourquoi ne peut-il mourir maintenant ? Pourquoi toute cette cérémonie ? Lui tuait sans cérémonie. Pourquoi toute cette violence ?

La charrette sort par la porte Christine. Soudain, il voit la mer et pense à Efisio Marini, qui sait pourquoi. Mais il cesse aussitôt car, à sa droite, reposant contre le mur, surgit, avec la violence d'une apparition, la potence en poutres neuves, et il voit que sous l'estrade en bois se trouve déjà l'homme qui doit se suspendre à ses pieds pour lui donner un coup sec. Cela fait des jours qu'il y pense, à cette histoire de coups secs. Il sait qu'il en sentira deux : celui de la corde et celui de cet homme gras qui porte un tablier de cuir. Il a froid.

Il refuse d'abord de descendre de la charrette. Pourtant, peu après, il descend docilement et essaie de ne regarder que le ciel, mais ils l'obligent à baisser la tête.

Sur les marches, il tombe à la renverse et ils le tiennent par les aisselles. Le parfum acide du bois fraîchement cloué pour lui le terrorise, il a une convulsion et se mouille.

Une fois monté sur l'échafaudage, il se persuade qu'il mourra avant qu'ils lui aient passé la corde au cou. Ce n'est pas possible que tout se passe comme ces gens le veulent, se dit-il. Et pourtant, il voit bien le visage et les lèvres violettes de celui qui lui passe de l'huile sur le cou avec un pinceau et lui dit : « Tourne-toi, c'est bien, comme ça, garde les yeux fermés. Je te préviendrai, comme ça tu te laisseras aller quand ce sera le moment. »

Mais il ne le prévient pas et Mauro Mamùsa fait une

chute de deux mètres, les yeux ouverts. Tout est blanc et il sent des mains qui l'attrapent mais ne sait plus ce qui se passe.

À neuf heures une autre charrette sort de la cour de la prison, dans la lumière du supplice.
Un dentier étincelant brille au soleil de décembre.
Mintonio et ses croûtes vont au gibet et il ne sent pas la tramontane, ne regarde pas les gens, ne s'aperçoit pas qu'il n'y a aucun de ceux des tombes, il ne tremble même pas, n'a aucune expression. Il ressent seulement la peur absolue, tellurique, de celui qui s'apprête à n'être plus. L'écoulement des jours est fini, pour le quadrumane Mintonio. Le temps ne se quémande pas.
Ils lui ont dit qu'ils avaient déjà fait à Mamùsa ce qui devait être fait et un garde petit et méchant lui a crié de derrière la charrette qu'ils ne changeront même pas de corde. Il voudrait de l'opium, et encore de l'alcool blanc.
Lui aussi voit d'abord la mer, en sortant par la porte des remparts, puis c'est la potence qui le foudroie.
La grimace du supplicié se colle au visage des gens.

Depuis une petite fenêtre, le juge Marchi a tout vu et il écrira tout. Il a pris note des heures et des minutes fixées par un temps pointilleux qui a déterminé le commencement et la fin des événements, et tout ce qui s'est déroulé entre les deux.

« Commandant, Giacinta Làconi ne peut pas être transférée à Bellarosa. Pour elle, la prison de l'étang est comme une condamnation à mort. Laissez-la ici, dans notre ville. Elle peut se racheter. Cette femme a dans les yeux quelque chose d'indicible. »

Belasco n'a jamais fait la guerre et ne connaît pas les batailles. Les morts détachés de la corde et déposés dans les caisses, il s'en souviendra toujours.

« Votre honneur, cette femme est faible et va avec la même facilité vers le péché ou la sainteté, tout dépend vers quoi elle est poussée. Elle a laissé tuer son père et sa mère.

— Laissez-la dans la prison de la ville. Même si vous avez peut-être raison : ce pourrait être une rédemption sans grande valeur. »

Giacinta avait attendu des mois, sans dormir une seule nuit, que Mauro Mamùsa la mutile comme il l'avait fait avec son père. Et Mauro la mutilait chaque fois, la laissant avec ce regard vitreux et profond qui faisait tant d'effet sur les hommes, même sur ceux qui la trouvaient laide. Maintenant elle passe ses journées à épier le ciel et ses étoiles fixes, sans manger et sans se laver, car elle ne veut plus entendre parler de son corps.

Les vieilles de la ville, habituées à troquer par la prière douleurs et mauvaises pensées contre quelques jours supplémentaires de nourriture, de digestion et de déjection, sont heureuses qu'un jeune soit mort avant elles, sans une ride ni un cheveu blanc.

Elles ne pensent pas à Mintonio et, parmi les suppliciés, elles se souviennent seulement de celui qui tremblait, jeune et pâle, avec cette couleur de prince des glaïeuls.

Mais elles prient tout de même, assises devant le brasero, tandis que la sauce se concentre, que les pois chiches ramollissent et que l'os libère en cuisant la moelle qu'elles convoitent telle une substance qui féconde.

Après deux jours de voyage sur la route orientale de l'île, la mère de Mamùsa est arrivée en ville pour récupérer le corps brisé de son fils.

Elle ne parle plus.

Elle a cessé de parler quand elle a vu Mauro, blanc comme une voile, sur la table de la chambre mortuaire des condamnés, et elle l'a vu s'éloigner rapidement, telle une voile, quand ils ont fermé la caisse.

Il y a quelque chose, elle y pense sans cesse, il y a quelque chose qui ressemble à une naissance dans la mort de son fils. De toutes deux le père a été exclu. L'événement sanguinaire passe toujours par les voies maternelles. Elle sent, maintenant qu'ils l'ont enfermé, une forme d'acceptation, de reddition, comme si le jeune homme était mort consolé par la certitude que toute la souffrance était déléguée à la mère. C'est pourquoi elle est sûre que Mauro, en pensant à elle, a moins souffert et lui a transmis sa douleur. Elle se sent soulagée.

Elle ne veut pas parler avec Giacinta, qui n'a pas eu d'enfant. Dans le cas contraire, les choses ne se seraient pas passées ainsi.

Mais quelqu'un lui a dit que la vieille Michela Làconi, éternelle, indissoluble et en bonne santé, se conserve dans une grande maison de Castello, et elle sent le désir de parler avec elle, même si une honte plus grande encore la pousse à fuir la ville.

« Je ne sors jamais, madame Mamùsa, et les faits s'arrêtent devant la porte de ma maison. Parfois ils frappent, mais je regarde par le judas et n'ouvre pas.

— Mauro était amoureux de votre petite-fille.

— Ma petite-fille ? Son histoire non plus n'entre pas dans cette maison. Je ne veux pas l'entendre. Faites donc comme moi. Nos têtes sont faites pour oublier. J'oublie tout et je dors bien. Maintenez les choses au loin et elles ne vous feront pas mal. Regardez ma peau. Je bois chaque jour des sels durcissants avec l'eau de mon puits. Ici ne règne pas la paralysie qui enveloppe les habitants de cette ville de goinfres. Je ne laisse pas d'ordures aux mouettes. Les blattes n'entrent pas pour chercher des miettes de pain et des casseroles sales. Il n'y a pas de beurre, pas de vin, rien qui obscurcisse le cerveau. L'unique obscurité que je permets est celle du sommeil.

— La mort velue s'attaque aussi aux jeunes, donna Michela.

— Un jeune qui meurt est une insulte à la nature et parfois les jeunes recherchent cette mort. Moi, je n'insulte pas la nature. Au contraire, chaque jour je prie la nature, tout le monde le sait. »

Son petit corps terreux a un spasme. Elle vient à peine de manger et ne se dérobe jamais aux nécessités de son corps. Elle se renverse dans son fauteuil et s'endort en fixant d'un seul œil la vieille Mamùsa en train de s'éloigner de la vie recluse de Michela Làconi, qui est tout de même une vie.

29

Personne ne porte de chaussures dans le village de l'autre côté de la mer, et les pieds nus ont rendu les routes aussi lisses que du satin. Les chaussures n'agressent pas le sol et les pieds sont pour les habitants du village le lien entre le ciel, l'eau et la terre. Toute rugosité a été éliminée des routes et des maisons de torchis d'Erhehàs. Quand il pleut dans le désert, mais il ne pleut presque jamais ici, pieds et terre sont quand même d'accord, et même davantage, car la boue est considérée comme un attendrissement du sol qui s'adapte encore mieux à la plante des pieds, dépourvus de cals à Erhehàs. De cette façon, les pieds des plus riches sont identiques à ceux des plus pauvres et chacun a une expression des pieds qui traduit mauvaise humeur, joie ou douleur.

Le pavot pousse bien, près de l'oasis de Hat, et un grand nombre de petits canaux souterrains y apportent l'eau.

Le père putatif de Maria, le vieux Elam He 'Ftha, sort chaque matin avec Perseo, dont les vagues rouges se sont aplaties et ont blanchi. Il en a trop vu et sa chevelure est celle d'un homme effrayé.

À peine sorti de prison, la peur l'a poussé à s'enfuir avec Maria et il ignore tout des aveux et des pendaisons. Domenico Zonza les a conduits jusqu'à l'Afrique toute proche, ils ont débarqué dans cette ville qui se reflète dans l'autre et, durant la traversée, ils se sont souvenus des événements funestes qui ont commencé avec le bras retrouvé dans le bateau du pêcheur. Puis, sur une charrette, ils sont arrivés au village ocre des paysans déchaussés.

Ils ont emmené avec eux la momie d'Hana Meir, qui ressemble maintenant à une vieille cigogne et à son mari Elam. Mais personne ne la regarde plus, car Elam l'a enveloppée d'un drap et mise à macérer sous terre entre deux canaux principaux qui apportent l'eau à la plantation. De cette façon, elle récupère son élasticité, elle a meilleur aspect et un peu de jus du pavot somnifère arrive jusqu'à elle.

La peau brune de Maria et l'infusion de parfums qu'elle répand calment Perseo.

« Maria, ce cœur de pierre de Belasco m'a écrit.

Mamùsa a été exécuté, de même que le malheureux des tombes. Il dit que c'était une froide matinée de décembre et qu'ils tremblaient. Jamais, au grand jamais, je ne serais allé voir les pendaisons. J'aurais pu y être... mon corps suspendu... »
Ses cheveux perdent encore un peu de leur couleur.
« Et Giacinta ? »
Perseo ne répond pas, ses pieds se chevauchent comme sur les crucifix.
Maria capture la lumière puis la renvoie. Perseo est maintenu en vie par ce rayonnement. L'usage qu'il fait de son propre corps est devenu sédatif. Il commence à l'aube, s'interrompt quand le soleil est haut et reprend en fin d'après-midi. Chaque jour, il fait une petite sieste au milieu de la matinée et affirme que c'est le sommeil des hommes honnêtes, un sommeil purificateur comme celui de la vieille immortelle.
Aujourd'hui il s'est endormi sur un tapis végétal de queues-de-renard. Maria le réveille et, quand il soulève les paupières, il voit les colonnes brunes de ses chevilles et pense qu'on pourrait y accrocher de petites ailes blanches pour rendre la vie encore plus légère.
Il reste allongé par terre, où la tiédeur se diffuse, il regarde le ciel et les jambes de Maria, oubliant la peur, même si de temps en temps il sent sa morsure dans sa chair.

Efisio écarte le drap et la regarde : les deux clavicules lui rappellent les ouïes d'un violon. Le regard orange de Matilde est plus pâle en hiver. Du reste, tout est plus pâle.

Elle s'est endormie.

Ces derniers mois, elle a moins occupé les pensées d'Efisio, c'est à cela qu'il songe, et donc il la regarde et se tait. Même sa beauté, son parfum ne le touchent plus. Mais ce n'est pas une perte d'intérêt. Le fait est qu'il n'a plus à la conquérir et c'est un affaiblissement des sentiments qui a endormi ses émotions. Il a même jeté à la mer l'épingle à cheveux en or. Des pensées et des actes d'homme. Mais pourquoi en serait-il autrement ? se dit-il. Et puis cela ne signifie pas qu'il n'ait plus pour elle des sentiments proches de l'amour. Il la désire, ce qui est bien naturel, il veut qu'elle l'écoute et le regarde, et il voudrait que tout le monde la voie, oui, la voie. Mais elle a une trop haute idée d'elle-même, peut-être due à ses couleurs rares, et se tient à l'écart, séparée d'Efisio.

Il est convaincu, et il pense à Mauro et Giacinta, que le dernier des hommes a une femme qui l'adore. Même le plus idiot, le plus méchant, le plus pauvre, a une femelle qui s'attache à lui, l'admire et le soigne.

Pour finir, mêler son sang au sang étranger de Matilde, après celui de Carmina, l'a éloigné de toutes les deux et désormais il n'est plus qu'un menteur solitaire.

Matilde n'est pas tout feu tout flamme, pense-t-il en la regardant, au contraire, elle est toute fraîcheur et parfum, de sorte qu'il ne s'est brûlé nulle part. Mais toute cette clarté lui semble à présent délavée et il a soudain envie de rentrer chez lui, même s'il ne veut pas entendre les lamentations de Carmina et pas davantage prodiguer quelques caresses faciles à Rosa et Vittore. Il ne veut pas entendre de lamentations et il ne veut pas partager la douleur. C'est un homme sur les nerfs, Belasco a vu juste, un homme qui va mal et le montre.

Chez les Marchi, la table dressée ne résonne pas comme le pupitre du juge. Et il n'y a nulle trace de poussière juridique dans la maison. Il reste également de marbre devant la nourriture, mais les trompettes du jugement ne résonnent pas en famille. Sa femme est petite, grasse avec des doigts gras, d'une race locale taciturne, car elle a peu à dire.

La lumière des nombreuses bougies ne ravive pas les têtes de veau froides ouvertes en deux, une moitié chacun.

« Docteur Marini, vous êtes un homme dur.

— Moi, monsieur le juge ?

— Vous mangez même l'œil.

— C'est une habitude. Je garde la langue pour la fin. Il y a toujours eu un ordre chez moi, pour manger la tête de veau, et je l'ai gardé. Après avoir mangé les têtes, il fallait se rincer la bouche avec du vin et du céleri, selon mon grand-père. Pour éliminer les graisses, disait-il. Et sur cette table, il y a du vin et du céleri. »

Cette idée d'ordre plaît à Belasco, qui a préparé pour le dîner sa voix du soir, basse, cuivrée et ferme : « Votre honneur, l'ordre du docteur en matière alimentaire n'est que l'ordre qu'il cherche dans les choses. »

Marchi a fini sa demi-tête : « Nous avons tous cherché un ordre dans ces événements. »

Efisio mâche un cœur de céleri, avale et dit : « Ma foi, l'ordre est pour moi une exigence naturelle, monsieur le juge. Je le recherche pour combattre le hasard, l'ordre me calme. Tout est hasard, et nous qui sommes mesquins classons, classons... J'essaie moi aussi. Mais si on observe bien, même ce que nous avons calculé arrive par hasard. »

Marchi regarde ses belles mains de vieux tout en parlant : « Je ne crois pas. Mamùsa n'était pas un assassin par hasard. Voyez-vous, j'ai soixante-deux ans et depuis longtemps j'ai cultivé une peur. Celle de voir un pendu condamné par moi à ce supplice. Mais je peux vous assurer que le matin de l'exécution, j'étais un vieillard serein. Ce n'est pas le hasard qui conditionne la justice, mais les conséquences inévitables des crimes. Les conséquences, les conséquences...

— Pourquoi avez-vous dit un vieillard serein ? interrompt Efisio en fixant les yeux de Marchi.

— Parce que je suis vieux et qu'un vieux pense toujours à la même chose, vous devriez savoir de quoi je parle, et il a besoin de plus de tranquillité. J'y ai longuement réfléchi avant d'ordonner la peine, je suis resté une semaine enfermé dans mon bureau, ma femme m'apportait à manger. Chaque jour je trouvais devant moi une feuille blanche, je recommençais depuis le début et finissais par réécrire les mêmes choses sur le papier du Tribunal royal. En somme, cette sentence était tellement juste, tellement proportionnée, presque harmonieuse, que mon antique peur a disparu. Oui, il y a de l'harmonie dans la condamnation de Mamùsa, pas du hasard.

— Et Mintonio ? demanda Efisio.

— Mintonio aussi était un homme et il avait les devoirs d'un homme. Il avait donc droit à la punition des hommes qui tuent, mutilent et dévastent, comme il l'a fait.

— Et Giacinta ?

— Elle n'a pas tué, elle. »

Personne n'a envie d'en parler, car personne n'a compris ce qui s'était passé dans la tête de Giacinta Làconi. Même la loi ne sait trop quel crime elle a commis. Mais Efisio se souvient des yeux de cette femme, noirs et perdus, et il cesse de manger.

« Voyez-vous, monsieur le juge, ça ne compte pas aux yeux de la loi, mais je crois que ce qui a guidé chaque geste de Giacinta Làconi est une forme malade d'amour. L'amour peut devenir une maladie, nous le savons tous, et il peut conduire à la destruction, cela aussi nous le savons. Voilà : Giacinta avait trouvé son opium. Son laudanum, un secret absolu dont nous ne saurons rien, c'étaient leurs rencontres, avec le pâle Mamùsa, un dieu pour elle, et un singe qui lui avait sauté dessus. Et les souvenirs de ces rencontres ne s'éteindront jamais : ils la maintiendront en vie, folle mais vivante. Elle est la femme qui a le plus souffert. Peut-être son amour était-il parfait, un amour immuable, qui ne change pas. Nous ne connaissons que des faits vraisemblables, mais la vraisemblance n'est pas la vérité. »

Belasco n'a jamais parlé d'amour auparavant, il est embarrassé et joue avec les miettes sur la table : « Je pense au contraire que l'amour de Giacinta a changé de forme. C'est arrivé quand elle a avoué et accusé Mamùsa, juste à ce moment-là. Et maintenant elle n'a plus que des souvenirs et des rêves qui la poursuivent. Certaines choses sont trop grandes pour tenir dans une tête. Elle a dû les faire sortir et elle a parlé. »

Efisio insiste, mais son index reste à sa place : « La confession de Giacinta aussi était de l'amour, l'amour comprend également la haine. Elle voulait purifier Mauro Mamùsa, le sauver par son aveu pour ensuite le reprendre. Nous serions encore en train de tourner dans la ville à chercher des coupables et à faire de beaux raisonnements si elle n'avait pas parlé... »

Marchi boit d'un trait son verre de vin : « Frappée par

une maladie... Oui, cette femme est malade. Vous dites que c'était un amour malade, certes, mais elle n'était pas aussi immuable que vous le pensez. Elle éprouvait du remords. Giacinta était une femme malade... Ce qu'elle sentait et éprouvait ne tenait pas en elle et devait sortir d'une façon ou d'une autre, c'est vrai, Belasco. Et de fait elle a parlé. Peut-être pour racheter les crimes de Mamùsa, mais elle a parlé. Vous avez raison, docteur Marini, nous devons nous contenter de ce qui est vraisemblable. Et quand Mamùsa a été éloigné d'elle, Giacinta a continué à parler, elle a donné des détails horribles et à la fin... » Efisio aussi a fini son vin : « Elle est devenue folle. »

« Oui, Efisio, je pars pour Naples dans trois jours, j'ai trouvé du travail dans un chœur.
— Lia, tu as une belle voix. Et cette ville n'a aucun avenir.
— Sans opium, je n'ai pas une belle voix.
— Tu as arrêté ?
— Tous les quatre, cinq, parfois sept jours, j'ouvre le tiroir et je regarde la petite bouteille brune de laudanum. Alors j'en avale quelques cuillerées. Quand je commence à sentir le frais dans mon ventre, cela signifie que c'est le début... alors tout passe. Mais j'arriverai à arrêter.
— N'oublie pas. La voix. La voix. »

30

La pluie tombe de nuages fumeux. Le pavé brillant glisse et toutes les fissures des murs gonflent. Les corneilles boivent dans les flaques d'eau des bas quartiers et une brume crémeuse stagne sur la ville haute. Le marais et la mer ont une même couleur métallique avilie. Efisio la contemple depuis les fenêtres du café.

« Lait chaud et biscuits. »

Au café, le sol est couvert de paille et sent l'écurie. Une tiédeur de lupanar. Beaucoup de lumières et trop de gens. Pour Efisio, il y a là trop de gens qui veulent fuir le froid ou le chaud, fuir en somme, et qui restent coude à coude avec les autres pour ne pas être seuls, car la solitude est méprisée dans cette ville. Rester longtemps seul, disent-ils, est une étrangeté et toujours une folie.

Efisio est seul, il écrit. Il s'interrompt pour tremper ses biscuits dans le lait tiède. Dans sa langue de signes, il réécrit depuis des semaines toujours la même histoire, qui commence avec la mort de l'avocat Làconi, terrifié, et s'achève avec la mort par pendaison, terrifiante peut-être elle aussi, de Mamùsa et de Mintonio des collines.

Sur la feuille, il a réduit les faits à une myriade de flèches qui relient des noms et, avec le temps, les flèches ont formé comme une couronne d'épines autour d'un seul nom. Quand il atteint ce point, il récapitule tout et chaque fois la couronne d'encre bleue se reforme et indique le même nom.

Entre Matilde accompagnée de Stefano, son fiancé. Efisio aperçoit son scintillement et décide qu'il vaut mieux ne pas lever la tête. Et il continue à pousser la même idée sur son étrange chemin.

Il y a quelque chose d'inachevé dans la mort de Mauro Mamùsa, même si le juge Marchi, d'un coup sur la table, l'a définie juridiquement parfaite. Pour Efisio, cette mort ne met pas un terme aux événements. Et même le commencement de tout, la mort de Giovanni Làconi, n'est pas le vrai commencement. Tout a dû commencer plus tôt.

Le jeune Mamùsa a laissé Giacinta avouer, il a laissé Belasco parler, Marchi, Testa, il a laissé les gens bavarder, d'ailleurs ils bavardent encore, et n'a jamais prononcé un « non, ce n'est pas vrai ». Il n'a jamais nié. Le procès a duré deux mois. La confession de Giacinta a constitué un obstacle que Mamùsa, en son for intérieur, a jugé peut-être trop grand pour pouvoir se défendre.

Entre Belasco, trempé. Il voit Efisio et vient s'asseoir à sa table.

« Quelque chose qui ne se referme pas avec la mort de Mamùsa ? » Belasco se penche en avant : « À présent vous avez des doutes, docteur Marini ?

— Oui, commandant, et dites-vous bien qu'il n'y a pas que l'instinct qui m'y pousse. »

L'intellect propre de Belasco progresse toujours d'un seul mouvement. Il est comme un honnête poêle domestique toujours allumé qui chauffe mais ne brûle pas les choses autour de lui.

« Docteur, êtes-vous persuadé ou non que Mamùsa a tué quatre fois ? Qu'une fois, peut-être deux, il s'est servi de Mintonio comme homme de main parce qu'il devait assassiner un homme adulte ? Que Giacinta a dit et répété des vérités terribles jamais niées par Mamùsa ? En êtes-vous persuadé ? Vous-même, convaincu de votre raisonnement, vous avez pris un risque, quand vous avez fait craquer Giacinta...

— Giacinta avait déjà craqué, elle était déjà en morceaux... On a tué son père, puis sa mère et tout ce qu'on pouvait lui faire, on le lui a fait...

— Vous avez provoqué Mauro Mamùsa. Vous aviez compris la fragilité de Giacinta et vous avez deviné que son péché l'avait conduite à la folie. Ou votre raisonnement était-il un simple exercice ?

— Bien sûr que j'en suis persuadé. Cet homme était un assassin par vocation, un assassin-né, descendant de générations d'assassins, d'un village d'assassins. Et Giacinta est une âme perdue qui a laissé tuer ceux qui l'ont mise au monde. Mais il y a quelque chose d'incomplet dans notre travail.

— Comment cela, incomplet ?

— Je suis convaincu que Mamùsa n'était pas assez intelligent pour imaginer un plan, une fresque criminelle comme celle-là... Et il ne me semble pas qu'il ait agi en homme avisé. Il aurait pu épouser Giacinta, attendre quelques années que la vieille trépasse, faire main basse sur le patrimoine et attaquer en justice ceux qui recevaient une rente de l'avocat. En somme, non seulement il n'a pas bien géré ses intérêts, mais il a fait couler le sang. Son apport, son seul apport, a été une violence continue, toujours noire. Et aussi le plaisir de dominer les corps, celui de Giacinta et ceux des assassinés, dont Mamùsa s'est senti le maître. » Efisio est fatigué : « Mais je crois que les actions de Mauro Mamùsa ont été commandées par une logique qui n'était pas la sienne... ce n'était pas un homme logique.

— Que voulez-vous dire ?

— Réfléchissez au parcours des deniers de Giovanni Làconi, suivez l'odeur de l'argent. Ils ont achevé leur parcours, que nous pouvons à présent appeler naturel, et sont retournés là où ils sont nés. Tout converge naturellement, nous ne l'avons jamais remarqué alors que c'était là, sous nos yeux.

— Docteur Marini, vous avez noté des noms et des flèches sur cette feuille. Puis-je la voir ?

— Ma foi, les noms vous les connaissez, les faits aussi... Regardez, regardez où convergent les flèches. C'est la pensée qui les a orientées. Lisez le nom. »

Belasco prend la feuille en main. Il l'observe longuement et suit la pointe des petites flèches bleues. Puis il fixe Efisio, recule sa chaise, entend tous les cœurs alentour battre fort et vite, respire profondément et murmure : « Efisio Marini, on suffoque ici... je vais prendre l'air. Une famille entière... »

La cellule est basse de plafond et la seule lumière provient d'une gueule-de-loup. Il fait froid. Giacinta Làconi est enveloppée dans une couverture moisie et regarde Efisio avec une expression canine, reconnaissante mais pâle. Elle parle sans faire de pause – elle parlait déjà quand il est entré –, concentrée sur sa propre douleur émotionnelle incessante : « ... beau, que c'est beau quand je n'arrive plus à distinguer mes sens. Je ne distinguais pas non plus les siens des miens, ni mon odeur de la sienne... C'est très clair dans ma tête. Elles se mêlaient et pour moi c'était comme de revenir à l'origine des choses. Ils donnaient leurs fruits et chaque fois je souffrais du même plaisir. Je m'agrippais à un sang sûr. Il aurait dû m'emporter loin d'ici, pour me torturer peut-être, mais m'emporter loin. Il m'attirait avec la chaleur. Je suis encore en colère, et donc j'ai mal à la tête, ça ne me passe que quand je saigne du nez. Je me pose une question, je ne sais même pas laquelle... Tout se mélange et je connais la réponse comme je connais la question, mais je ne comprends rien.

» Aujourd'hui je l'ai soudain revu tourner autour de moi. "Viens"... Ce "viens", je l'entends toujours. Je connais des forces qui font bouger la terre. C'était comme d'être mangée, mais sans douleur. Il me peignait avec les doigts. Quelle voix avait-il ? Il n'avait pas une voix calme avec moi. Et je sais qu'ensuite je ne me sentais pas née pour rien, ni en vie pour rien. J'étais mangée mais je me nourrissais. Mais moi qui ne sais rien prévoir, je prévoyais le malheur.. »

Quand Efisio sort, il pleuvine encore et le ciel est plus haut que d'habitude.

Il l'a laissée qui poursuivait ses souvenirs térébrants. Une de ses phrases passe et repasse dans sa tête :

Ensuite je ne me sentais pas née pour rien, ni en vie pour rien. Il pense soudain que tout son travail ne servira à rien, faire des momies de pierre et les conserver, et il se courbe d'un coup. Giacinta, elle oui, était vraiment parvenue à éloigner la peur, mais seulement provisoirement, et elle avait utilisé sa chair. Mais elle est devenue folle. Tant mieux, puisqu'il n'y avait plus de mort à lui administrer.

Il arrive au pied de sa maison. Il regarde les fenêtres depuis la rue et s'arrête, réfléchit un peu puis continue à marcher.

31

Il a cessé de pleuvoir le quatrième jour. La lumière nue de la tramontane a nettoyé le ciel de toute vapeur et fait briller le portail de la maison de Michela Làconi. Efisio est devant depuis quelques minutes, il regarde cette porte trop grande pour la vieille et il lui semble qu'elle s'est emparée de la porte d'accès à l'éternité. Il frappe.

« Efisio, tu étais plus beau cet été. Plus maigre, moins de chair. »
Très parfumée, car elle ne veut surtout pas sentir sa propre odeur, Michela est assise sur le fauteuil en velours qui porte l'empreinte usée de ses os .
« Je ne veux aucun souvenir et toi, au contraire, tu

es venu ici pour cela, pour le souvenir, n'est-ce pas ? Ou bien m'as-tu apporté d'autres sels de conservation ?

— Le souvenir.

— Je ne veux rien savoir de Giacinta. Dans sept ans elle sortira de prison. Elle en aura quarante et moi cent, et j'irai déjeuner chez elle. Puis elle me raccompagnera ici et je continuerai.

— Vous continuerez ?

— Je continuerai à être moi. Je ne veux de douleurs ni aux articulations ni au cœur. Je sais comment les éviter. Laissez-moi faire. Si tu veux parler de ce Mamùsa... c'est inutile, parce que je le savais, je savais qu'il ne convenait pas à Giacinta, il avait une odeur sauvage et des canines de chat. Les pendus meurent immédiatement si les choses sont bien faites, il n'a pas souffert. J'ai parlé avec sa mère. Elle aussi est coupable, si elle a mis au monde un tel fils. » Les petites narines de Michela frémissent : « Cette histoire de pendus est de l'histoire ancienne et je l'ai oubliée. De nombreuses semaines se sont écoulées et il est important de passer le temps d'une façon qui ne blesse pas. Le souvenir blesse. Toi aussi, Efisio. Tu as une ride de plus. »

La vieille a déjà mangé et déjà dormi. Efisio le sait, c'est pour cela qu'il est venu l'après-midi, et il cherche par où commencer.

« Michela Làconi, vous êtes un coffre-fort, tout le

monde le dit. Mais parmi ce que vous conservez, selon vous il n'y a pas de souvenirs ?

— Non, seulement des choses utiles, et je ne connais pas de souvenirs utiles, répond-elle avec une moue fripée.

— Donna Michela, vous ne vous souvenez donc pas si vous êtes allée un matin voir don Migòni avec l'avocat Mamùsa ?

— Je suis allée seule chez don Migòni, je n'ai pas besoin d'être accompagnée.

— Et vous lui avez apporté un reconstituant ?

— Un peu de tes sels.

— Mes sels étaient-ils dans une bouteille ?

— Oui, avec l'eau de mon puits et le jus des citrons de mon jardin.

— N'y avait-il rien d'autre, Michela ? Seulement de l'eau, du citron et mes sels ? Écoutez, donna Michela. »
Elle tourne l'oreille droite vers Efisio.
« Au procès, Mamùsa n'a pas nié avoir offert lui aussi, je dis bien lui aussi, une bouteille contenant moitié laudanum, moitié jus de citron au révérend Migòni.

— Efisio, c'est moi qui la lui ai donnée, cette bouteille, pour qu'il l'offre au prêtre.

— Donc Migòni a reçu deux bouteilles de votre part : une que vous avez apportée vous-même, l'autre apportée par Mamùsa. Toutes les deux en cadeau. Du reste, l'eau du puits magique et les citrons ne vous manquent pas. Et le laudanum ? »

Efisio répète plus fort : « Et le laudanum ? C'est vous qui le mettiez. »

Michela sourit, bat des mains et fait oui avec la tête : « Qui sait combien de bouteilles on lui offrait... et pas seulement des bouteilles, à en juger par les plis de son menton et les fossettes qu'il avait sur les mains. Quoi qu'il en soit, il avait déjà goûté ma mixture une autre fois chez moi... assis là même où tu es assis... Un calice plein ! Il a commencé à boire ici...

— Votre mixture... mixture... vous appelez cela une mixture ?

— Quelle quantité il avait bue ! J'ai commencé à l'y habituer et on s'y habitue rapidement, tu le sais. Il était assis là où tu es, mais il s'enfonçait parce qu'il était tout en graisse. La chair n'est que de la chair, Efisio. Il y a la chair d'idiot, la chair de malin, la chair de prêtre et tant d'autres, mais c'est toujours de la chair. Mieux vaut ne rien avoir à faire avec la chair. Regarde comment a fini Giacinta. »

Efisio se lève.

« Pourquoi te lèves-tu ? Tu t'en vas ?

— Non.

— Alors cela veut dire que tu vas te donner en spectacle, les hommes adorent se mettre debout et se donner en spectacle. »

Il s'arrête, la regarde longuement, comme on regarde un tableau, une statue, comme s'il cherchait quelque chose, un détail.

« Donna Michela, savez-vous ce que je pense ?

— Oui, je le sais. Mais tu as tellement envie de me le dire que je t'écoute. »

Efisio décoiffe sa mèche : « Dans la première bouteille, il y avait une dose d'opium qui lui a procuré du plaisir sans qu'il comprenne, même vaguement, de quoi il s'agissait. Dans la seconde, espérant trouver le même plaisir, le prêtre a seulement trouvé le trépas idéal, la mort qui vole si haut que celui qui meurt ne sait plus qui il est ni où il est... et il est content. Bravo, donna Michela, bravo. Et vous le lui avez fait goûter ici, chez vous... Bravo... »

Il marche d'avant en arrière et, s'il le pouvait, il marcherait sur les murs.

« L'opium ne vient pas de l'eau de votre puits.

— L'opium arrive de la ville qui se trouve de l'autre côté de la mer, tu le sais toi aussi.

— Et selon votre économie naturelle, nous sommes faits d'eau et de terre.

— C'est suffisant. Quand on sait de quoi on est fait, on n'a pas besoin d'autre chose. On prend et on rejette un peu d'eau, on prend et on rejette un peu de matière. Mais il faut faire attention, c'est un travail difficile.

— Et tandis que vous dosiez eau et matière, le commerce de l'opium passait par vous et par votre fils. Ensemble vous donniez des ordres à une cour de grands et de petits pêcheurs. »

La vieille ne dit rien et fait de la gymnastique en agitant dans l'air bras et jambes, comme les nouveau-nés. Selon ses habitudes, elle envoie de cette façon le sang où elle le veut. Puis elle s'arrête, car elle a besoin du sang pour la tête et alors elle se masse les tempes.

Efisio distingue clairement autour de la vieille l'énergie qui la maintient sèche et droite.

« Michela, si on inversait le sens de votre tube digestif, pour vous ce serait pareil, n'est-ce pas ? Si on vous retirait un poumon, un rein, un œil, vous continueriez...

— Bravo ! Un œil, un poumon... ce ne sont que des économies... Je suis faite pour continuer et tu as bien compris que je suis méchante, c'est pourquoi je continue. Mais à toi qui as la tête sur les épaules, je ne fais pas boire de jus de citron... »

Le puits dans la cour, on y arrive en traversant la maison, et Michela prend Efisio par la main. Il y a une louche dans le seau, et la vieille boit un peu d'eau, les yeux fermés. Elle sent tout de suite que ses tissus spongieux l'absorbent et la conduisent à son sang.

« Vois-tu, Efisio Marini, dans cette eau il doit y avoir des sels similaires aux tiens. Je suis en train de me momifier, je le réalise, vois-tu ? Mais je sais les doser et j'essaye d'éviter qu'ils ne fassent durcir aussi ma tête et les autres organes. Mes organes sont ce en quoi je crois. Et puis je crois aussi en ce que je possède. C'est beaucoup, tu sais, dans cette ville de pauvres. »

L'index d'Efisio est signe de douleur : « Votre corps,

vous voulez qu'il reste intact. C'est normal, c'est ce que veut le corps, c'est ce vers quoi il tend. C'est pourquoi il s'est refermé aussitôt derrière Giovanni Làconi, après que vous l'avez mis au monde. Refermé pour toujours. Vous vous êtes reproduite non pas parce que les mammifères sont poussés à se reproduire, mais parce que vous deviez préparer le trousseau des choses utiles. Et ce trousseau a ensuite grandi. Vous avez appris les affaires, les économies, comme vous dites. Vous utilisiez Marciàlis, Luxòro et Cancello, mais ce n'est pas bien grave... »

Il regarde par terre : « Vous avez laissé Mamùsa corrompre Giacinta et cela en revanche est grave, car le corps est tout, c'est vous qui l'avez dit. Mais Mamùsa avait besoin de votre carcasse intelligente, il savait qu'il était un animal, un animal et c'est tout. »

Il se penche : « Vous lui avez expliqué comment tuer Tea, qui ne voulait pas entendre parler d'opium, et il l'a jetée par la fenêtre. Puis Fois Caraffa et don Migòni, qui sont morts en silence. Trois belles morts. Puis vous avez intrigué pour que Giacinta, folle de remords, se retourne contre Mamùsa et le fasse pendre. À présent, vous avez une petite-fille aliénée qui n'aura droit à rien de votre héritage. Qui est tout à vous, désormais. Mais... », s'interrompt-il, puis il souffle et se frotte les yeux.

« Continue, Efisio, continue. »

Le hasard a donné naissance à Michela, il lui a permis de vieillir sans maladies, mais même le hasard a ses

limites. Efisio a chaud : « Mais surtout vous avez ordonné à Mamùsa le sauvage de tuer votre fils. »
Michela regarde au fond du seau.
Efisio poursuit avec la voix basse du confesseur : « Je me sens faible et fatigué rien que d'en parler. Vous êtes folle. Vous l'avez mis au monde en le conservant neuf mois dans une membrane sèche, vous avez perdu quelques gouttes de sang en accouchant, vous l'avez nourri, peu, vous l'avez élevé, peu aussi, et à la fin tout vous est revenu. Et je n'avais pas compris, parce que les fous sont difficiles à comprendre... Mais les fous aussi sont mortels. »
Michela soupire longuement et goûte un peu d'eau du seau : « Après l'accouchement, j'avais autour de moi trois femmes qui m'ont lavée et ont nettoyé la pièce. Que de saletés sont sorties de moi. Tout à la lumière, un matin de juillet. Mon fils Giovanni te semblait-il un enfant né en juillet ? »
Efisio n'a plus envie de parler, il sent sa langue inutile, lourde : « Je voudrais vous infliger une punition, Michela Làconi. »
Derrière la bouche close de la vieille débute une refonte aussi violente que les mouvements de l'écorce terrestre sur la lave qui la supporte.
Elle n'a pas encore réalisé que l'accélération de sa respiration et de son cœur, et toute une série de changements soudains qu'elle perçoit sans les comprendre, sont les signes d'une peur qui a fait le tour et qui l'a rejointe. Et c'est ainsi que l'effroi l'intoxique et

qu'elle se sent comme dans une fourmilière aux mille galeries bleues.

Efisio est étonné, car la femme ne répond pas, elle trotte en tenant son bras droit vers un tabouret dans l'angle de la cour, où elle s'assied et respire rapidement. Elle fixe le vide, d'où lui vient justement la paralysie, et garde la bouche ouverte.

« Vous qui priez la nature, justement vous, Michela... »
Il s'interrompt, car les changements internes de la vieille soudain ressortent et se manifestent. La femme tombe de la chaise. Il reconnaît la maladie, s'approche de Michela, la ramasse et la porte dans ses bras sur son lit blanc.

Il ouvre les rideaux, la lumière entre et éclaire chaque détail.

En regardant Michela de côté, on peut reconnaître ce qu'elle avait évité jusqu'ici en buvant l'eau du puits.

Mais le puits n'est pas assez profond et un côté, tout un côté d'elle, s'est arrêté.

« Avant que la parole ne vous manque pour toujours, dites-moi la seule chose que je n'ai pas comprise...

— Non, non, tu as compris. »
Efisio utilise les mots les plus simples qu'il connaisse : « Pourquoi avez-vous fait couper le bras de votre fils ? Dites-le-moi... »

Quelque part dans la tête de Michela, sans douleur, l'usage de la parole est perturbé : « Au début je voulais seulement le bras, mais il n'était pas possible de le lui prendre sans lui ôter la vie. Le bras de mon fils... Celui que j'ai mis au monde en souffrant... Son père est mort aussitôt après, il s'appelait Dionigi, tu ne l'as même pas connu... Quelle justice : l'un naissait et l'autre mourait, tu n'as pas pensé à cela, n'est-ce pas ? L'un venait au monde et l'autre s'en allait dans l'autre... Et tout me revenait... »

Efisio a soudain trouvé entre ses mains le bout du fil. Il remonte à de nombreuses années, mais il l'a trouvé. Et le fil brûle.

« Michela ! Avez-vous également tué Dionigi Làconi ? Avez-vous tué votre mari ?

— Que voulait-il de moi, celui-là ?

— Vous avez tué votre mari... »

Elle attend la douleur mais elle ne vient pas, elle sent seulement que la paralysie est sur elle : « Et puis lui, Giovanni... un fils qui grandit et veut tout... Tyranni-que... il voulait commander... Mais si le fils prend tout, la mère meurt... Dans la mer, il devait finir, ce bras... Dans la mer... »

Son dernier mot.

Elle ne parle plus et, désespérée, poursuit sa ténébreuse gymnastique de conservation avec la seule moitié gauche du corps. L'autre moitié s'est arrêtée.

32

Une lumière interminable arrive jusqu'au fond du golfe et remonte, fraîche, avec un frisson.

D'abord le vent refuse, puis il jaillit de la terre et s'élance vers la mer, il avance et s'élargit jusqu'au vide de l'horizon dilaté.

Efisio est monté sur le promontoire blanc.

Il pense à la punition inoubliable qui est échue à Michela Làconi, paralytique et privée de la parole. La moitié du corps perdue en un instant, après tant d'années d'économies.

Il est monté d'un pas léger, car il a réussi à comprendre le début et la fin, sans se laisser embobiner par les faits.

Il a trouvé commencement et conclusion.

Les souvenirs.

La mémoire, pour lui, est fondée sur l'oubli, sans lequel on ne conserverait pas la mémoire. Et donc, aujourd'hui, ce matin semble à Efisio le matin le plus beau de sa vie et il ne se souvient pas d'en avoir jamais vu de tel. Quelle chance de pouvoir oublier les autres matins.

Distrait de ses souvenirs imparfaits, suspendu, illuminé par la lumière parfaite, il oublie pour un instant la peur et la chair.

DU MÊME AUTEUR

Aux Éditions Albin Michel

L'ÉTAT DES ÂMES, 2003.

Composition Nord Compo
Impression Bussière en décembre 2004
Editions Albin Michel
22, rue Huyghens, 75014 Paris
www.albin-michel.fr

ISBN 2-226-15516-3
N° d'édition : 22802. – N° d'impression : 044997/1.
Dépôt légal : janvier 2005.
Imprimé en France.